KB269701

오늘의 색, 내일의 나

오늘의 색, 내일의 나

오늘의 색, 내일의 나

박 창 우 지음

도서출판
지식나무

추천 사

　『오늘의 색, 내일의 나 : 내안의 색을 발견하는 성장기록』은 한 청소년이 자신만의 감성과 통찰로 인생을 음악처럼 풀어내면서 성장 과정을 진솔하게 기록한 자서전으로, 오늘을 살아가는 청소년들이 각자의 자리에서 치열하게 나를 찾아가는 여정을 담아낸 작품입니다.

　박창우 학생은 일상의 크고 작은 경험 속에서 스스로를 돌아보고, 시행착오를 겪으며 '나답게 산다는 것'의 의미를 찾아갑니다. 완벽하지 않아도 괜찮다는 깨달음, 넘어지더라도 다시 일어서는 용기, 그리고 자신만의 길을 만들어가려는 열정이 담긴 이 책은, 같은 세대의 학생들은 물론 어른들에게도 큰 감동과 공감을 선사합니다.

　이 책은 단순히 성장과정을 기록한 자서전이 아니라, 사계절의 변화 속에 담긴 삶의 리듬을 진솔하게 표현하고 있으며 한 고등학생의 시선에서 삶을 성숙하게 바라보는 통찰력을 보여 줍니다. 박창우 학생은 자신의 이야기를 음악에 비유하며, 긍정적이 태도와 자기 성찰의 힘을 솔직하게 풀어내며 '성장'이란 단어의 참된 의미를 보여줍니다. 끊임없이 변화하는 사회 속에서 자신을 잃지 않고, 매 순간을 '업데이트'하며 더 나은 나로 나아가려는 모습은 모든 학생들에게 귀감이 됩니다.

『 오늘의 색, 내일의 나 : 내안의 색을 발견하는 성장기록 』은 청소년들
이 스스로의 가능성을 믿고 도전하도록 이끄는 따뜻한 메시지를 전합니다.

이 책을 읽는 모든 학생들이 자신만의 빛을 찾아가는 여정을 시작하길
바랍니다.

전) 전라남도 교육청 장학관

전)순천복성고등학교 교장

현) 전라남도 교육감 후보

강 숙 영

추천 사

사람은 누구나 "나는 누구인가(Who am I?)"라는 질문 앞에 서게 됩니다. 그 물음은 청소년에게는 방향을, 청년에게는 도전을, 그리고 어른에게는 성찰을 요구합니다. 그러나 답을 찾지 못한 채 방황하는 이들이 대부분이죠.

제가 국제브레인컬러교육협회 이사장으로서 오랜 시간 연구하고 실천해 온 것은 바로 이 질문에 답을 주는 길입니다. 브레인컬러 성향 상담과 코칭은 단순한 성격 검사가 아닙니다.

타고난 기질과 컬러 성향을 통해 다름을 이해하게 하고, 자신의 강점을 발견하게 되고, 스스로를 있는 그대로 사랑할 수 있게 하는 상담입니다. 동시에 균형이 깨진 정신과 신체, 마음과 감정의 에너지를 회복시키기 위해, 뇌의 감각을 깨우고, 훈련하는 브레인 트레이닝까지 아우르는 포괄적 상담이기도 합니다.

박창우 군은 그 과정을 진지하게 경험한 청년입니다. 그는 자신 안의 색을 발견했고, 그 색을 삶 속에서 어떻게 발휘할지 깊이 고민하며 자기 이야기를 써 내려갔습니다. 『오늘의 색, 내일의 나』는 단순한 자서전이 아니라, 한 청춘이 기질과 성향을 기반으로 자기 색을 찾아가고, 그것을 삶의 멜로디로 연주해 가는 과정을 담은 살아 있는 기록입니다.

이 책을 읽는 독자들은 자연스럽게 자신의 삶을 돌아보며 묻게 될 것입니다. "나의 색은 무엇인가? 나는 어떤 기질로 세상과 마주하고 있는가? 나도 남과 다른 강점이 있는 걸까? 동시에, 스스로를 더 깊이 이해하고 사랑하고 싶다면, 브레인컬러 상담과 코칭이 강력한 안내자가 될 것임을 느낄 수 있을 것입니다.

한 사람의 색이 빛날 때, 세상은 더욱 다채롭게 물듭니다. 박창우 군의 색이 그러하듯, 이 책이 여러분 각자의 삶에도 새로운 색과 울림을 더해주기를 바랍니다.

국제브레인컬러교육협회 이사장

컬러모니카

추천 사

초등학교 1, 2 학년 시절의 창우 군은 늘 맑은 아침 공기 속에서 교정을 들어설 때마다 또렷한 목소리로 인사를 건네고, 수줍은 듯 따뜻한 미소를 지으며 제 마음에 깊은 인상을 남긴 학생이었습니다. 어린 시절부터 타인을 존중할 줄 아는 태도와 성실함이 참으로 기특했는데, 그 아이가 이제 멋진 청년으로 성장해 자서전을 펴낸다고 하니 교사로서 더없이 뿌듯하고 자랑스럽습니다.

창우 군의 성장 뒤에는 언제나 따뜻한 울타리로 함께해 주신 부모님의 가르침과 삶의 본이 있었을 것입니다. 부모님의 사랑과 지혜가 든든한 뿌리가 되어 주었기에 그는 흔들림 없는 중심을 가지고 세상 속으로 나아갈 수 있었으리라 생각합니다. 그러나 거기에 머물지 않고, 스스로 묻고 배우며 지혜를 찾아 나선 그의 주도적인 성장이 있었기에 오늘의 창우 군이 가능했다고 믿습니다.

고등학생이라는 아직은 짧은 시간 속에서도 그는 벌써 인생의 사계절을 깊이 바라보는 통찰을 보여주고 있습니다. 글 속에는 감사가 따뜻하게 흐르고, 도전과 성찰을 통해 얻은 배움이 새겨져 있습니다. 짜임새 있는 구성과 울림 있는 문장은 그가 얼마나 진지하게 삶을 바라보고 있는지를 잘 보여줍니다.

『오늘의 색, 내일의 나』는 청소년의 기록이면서도 그 이상의 의미를 지니고 있습니다. 같은 또래의 학생들에게는 삶의 자세를 돌아보게 하는 거울이 될 것이고, 어른들에게는 청춘의 눈부신 가능성과 순수함을 다시금 일깨워주는 책이 될 것입니다. 사계절이 돌고 도는 것처럼, 이 책은 독자들에게 삶의 계절을 어떻게 살아내야 하는지에 대한 조용한 가르침을 전해 줄 것입니다.

저는 이 책을 진심으로 추천합니다. 창우 군이 보여주는 열정과 긍정의 힘, 그리고 감사로 시작된 그의 여정이 많은 독자들에게 울림과 용기를 주기를 바랍니다. 앞으로도 그가 걸어갈 길에 사랑과 지혜가 늘 함께하기를, 그리고 더 큰 성장이 있기를 축복합니다.

전 숭덕초등학교 교장

김정순

추천 사

저는 박창우 군을 수년간 지도하며 그의 성장을 가장 가까이서 지켜본 관장입니다. 그의 자서전을 펼치신 여러분께, 제가 본 박창우 군의 진정한 모습을 들려드리고 싶습니다.

창우 군은 단순히 기술을 연마하는 유도 선수가 아니었습니다. 그는 남녀노소, 초보자부터 숙련자까지 모두가 함께하는 유도장에서 타인을 배려하고 포용하는 진정한 인성을 갖춘 사람이었습니다. 특히 낯선 환경에 어려움을 느끼는 이들에게 먼저 다가가 손을 내밀고, 눈높이에 맞춰 함께 훈련하며 적응을 돕는 모습은 많은 이들에게 큰 감동을 주었습니다.

그의 진가는 훈련 파트너로서 더욱 빛났습니다. 창우 군은 상대에게 값진 훈련의 시간을 선물할 줄 아는 사람이었습니다. 초보자와 함께할 때는 성장을 돕는 스승이 되었고, 선수와 함께할 때는 훈련의 깊이를 더하는 동료가 되었습니다. 지도자의 의도를 깊이 이해하고 신중하게 행동하는 그의 태도는 단순한 기술 습득을 넘어 유도에 대한 깊은 철학을 보여주었습니다.

또한, 강도 높은 훈련 속에서도 웃음을 잃지 않고 주변을 살뜰히 챙기는 그의 긍정적인 리더십은 모든 이들에게 귀감이 되었습니다. 자신이 부족한 점을 객관적으로 파악하고, 이에 머무르지 않고 끊임없이 노력하는 모습은 그를 더욱 특별하게 만들었습니다.

　박창우 군의 자서전은 단순한 개인의 이야기가 아니라, 유도를 통해 몸과 마음을 단련하고 타인과의 관계 속에서 자신을 완성해나가는 한 젊은이의 진솔한 성장 기록입니다. 그의 이야기가 여러분의 삶에도 긍정적인 영감을 주기를 진심으로 바랍니다.

성북유도관 관장

윤장은

추천 사

"나는 누구일까?"라는 질문은 누구나 한 번쯤 고민하게 되는 인생의 큰 숙제입니다. 하지만 그 답을 찾아가는 길은 결코 쉽지 않습니다. 소크라테스는 "성찰하지 않는 삶은 살 가치가 없다"라고 했습니다. 자신을 돌아보고, 질문하며, 그 답을 향해 나아가는 과정 자체가 곧 성장이라고 말한 것이지요.

우리 학교 1 학년 경찰행정과 박창우 학생은 『오늘의 색, 내일의 나』라는 제목으로 자신의 이야기를 용기 있게 써 내려갔습니다. 제목처럼 그의 삶은 사계절의 음악처럼 흐르고 있습니다. 유년기의 따뜻한 봄, 도전과 열정으로 가득한 여름, 성찰과 배움의 가을, 그리고 내면을 다지는 겨울. 이 책은 한 청소년이 성장해 가는 리듬을 솔직하고 생생하게 담아낸 기록입니다.

창우 학생의 이야기를 읽다 보면, 가족의 가르침과 친구들 과의 관계, 실패와 도전의 순간이 어떻게 그의 색깔을 만들어 왔는지 알 수 있습니다. "환경은 네 힘을 키워주는 도구일 뿐이다"라는 아버지의 말씀, 그리고 "질문은 나를 성장시킨다"라는 깨달음은 이 책의 중요한 축이 되어줍니다. 이는 우리 모두에게도 소중한 가르침이 됩니다.

미국의 사상가 랄프 왈도 에머슨은 "인생은 발견하는 것이 아니라 창조하는 것이다"라고 했습니다. 창우 학생은 주어진 환경을 그저 받아들이지 않고, 감사와 질문을 통해 자신의 길을 만들어 가고 있습니다. 그 과정에서 그는 자신만의 색깔을 찾아냈고, 그것을 삶의 멜로디로 아름답게 연주하고 있습니다.

이 책은 단순한 자서전이 아닙니다. 아직 미완의 청춘이지만, 그 불완전함 속에서 매일 새롭게 시작하려는 다짐이 담긴 '청춘의 노트'입니다. 독자들은 이 책을 통해 자연스럽게 자기 삶을 돌아보며 질문하게 될 것입니다. "나의 색은 무엇일까? 나는 어떤 멜로디를 연주하고 있을까?"

저는 박창우 학생이 앞으로도 자신의 색을 더 깊이 빛내며, 삶의 무대 위에서 멋진 연주를 이어 가리라 믿습니다. 그리고 이 책이 우리 모두에게 작은 울림과 새로운 영감을 주기를 바랍니다.

경기상업고등학교 교장

김 재 순

| 차례 |

 오늘의 **색**, 내일의 **나**

| 차례 |

16

| 차례 |

Today's Color
Tommow's Me

봄의 첫 빛처럼

인생은 하나의 긴 여행이다. 태어나면서 시작해 성장과 도전을 거쳐, 언젠가는 성숙과 완성으로 향한다. 그 길 위에서 나는 가족을 만나고, 배움을 얻고, 시련을 겪고, 사랑과 감사의 흔적을 남겼다.

이 책은 그 여정을 기록한 자서전이다. 단순히 내 삶의 조각을 모아 놓은 이야기가 아니라, 아버지의 가르침과 세대의 목소리가 함께 담긴 하나의 '인생 수업'이다. 감사로 시작된 첫 기억, 질문이 길을 열어주던 순간, 함께 웃고 울었던 여행과 만남, 그리고 사계절처럼 변해 온 인생의 리듬들. 이 기록은 나를 돌아보는 동시에, 누군가에게 작은 울림이 되기를 바란다.

봄은 언제나 시작이었다. 아직 차가운 공기 속에서도 작은 싹이 고개를 내밀 듯, 내 삶도 그 작은 시작들로부터 피어났다. 어린 날의 웃음, 첫 성취의 떨림, 부모님의 울타리와 질문의 힘… 그것들은 내 마음 깊은 곳에 심겨진 씨앗이었다.

봄은 완벽하지 않았다. 서툴렀고, 때로는 불안했으며, 넘어지기도 했다. 하지만 그 모든 경험이 나를 흔들고, 동시에 단단하게 만들었다. 그래서 내 이야기는 늘 봄의 기억에서 출발한다. 그 기억이 있었기에 오늘의 내가 있고, 내일을 향해 나아갈 용기를 얻는다.

삶은 혼자가 아니라 함께 걸어가는 길이다. 그 길 위에서 내가 배운 것은 단순한 성취가 아니었다. 사랑, 지혜, 책임, 감사, 존경 같은 단어들. 나를 붙잡아 준 힘이자 앞으로 나아가게 만든 이유였다.

이 책을 쓰는 것은 과거를 정리하는 동시에, 오늘을 새기고 내일을 준비하는 과정이다. 아직 미완의 청춘일지라도, 그 불완전함 속에서 나는 매일 새롭게 시작할 수 있다. 그것이 바로 이 기록을 남기는 이유다.

1

유년기의 시작

감사로 시작된 나의 이야기

나라는 존재가 세상에 첫 발을 내딛은 순간부터 지금까지, 내 삶은 흔히 말하는 '평범한 길'과는 조금 달랐다. 많은 이들이 기억하는 어린 시절의 배경은 아파트 단지나 골목길, 동네 공원이었지만, 내 기억 속에는 늘 리조트와 호텔, 그리고 그 안의 넓고 화려한 풍경이 자리했다. 아버지께서 운영하시던 전라북도 장수의 리조트는 단순한 휴식처가 아니라 내게는 또 하나의 집이었다.

계절마다 빛깔을 달리하던 수영장, 여름이면 축제처럼 터져 나오던 웃음과 물보라, 겨울이면 언덕을 덮은 눈이 만들어주던 눈썰매장. 그 속에서 뛰놀던 친구들의 소리와 함께, 내 유년기의 배경은 늘 남들과 달랐다. 친구들이 "여긴 놀이동산 같다!"라며 눈을 반짝이던 공간이었지만, 내게는 일상이었다. 아이러니하게도, 그 화려함 속에서 나는 가끔 낯섦을 느꼈다. 너무 커서 오히려 작아지는 기분. 그래서 나는 종종 구석에 앉아 풍경을 바라보며 혼자만의 상상 속으로 들어가곤 했다.

그런 특별한 배경의 시작에는 한 가지 빼놓을 수 없는 사실이 있었다. 바로 "감사로 시작된 내 첫 기억"이다. 나는 대한민국 출산 분야의 권위자 전병관 교수님의 손길 속에서 태어났다. 수많은 생명을 지켜낸 경험과 책임감이 내 첫 울음을 안전하게 이끌어 주었다. 단순한 의료적 행위가 아니라, 내 삶의 첫 순간을 열어 주신 특별한 선물이자 축복이었다. 세상에 홀로 나

올 수 없는 인간의 태생처럼, 내 출발도 부모님의 헌신과 전문가의 손길, 그리고 하늘이 허락한 시간 위에 놓여 있었다.

그래서 일까? 내 유년기를 돌아보면, 화려한 배경보다 더 선명하게 남는 것은 "은혜와 감사"라는 단어였다. 받은 도움을 잊지 않고 살아가겠다는 다짐은 내 삶의 태도를 겸손하게, 또 따뜻하게 만들었다. 그때부터 나는 작은 인연에도 감사할 줄 아는 마음을 배웠고, 그것은 지금까지 나를 지탱하는 힘이 되었다.

아버지는 종종 내게 말씀하셨다. "창우야, 환경은 네 힘을 키워주는 도구일 뿐이다. 그것이 네 자신을 대신해주진 않아." 그 말은 어린 나에겐 어려운 철학처럼 들렸지만, 지금은 그 의미를 이해한다. 풍요로운 공간은 배경일 뿐, 그 속에서 나를 단단하게 세우는 것은 결국 나 자신의 선택과 노력이었다.

결국 내 인생의 첫 장면은 화려함이 아니라 감사였다. 감사 속에서 태어나, 특별한 환경 속에서도 겸손과 절제를 배우며, 나는 나만의 길을 시작했다. 이것이 바로 나의 유년기의 첫 페이지, 그리고 내 인생 이야기를 여는 가장 중요한 출발점이었다.

유년기의 또 다른 집, 리조트

리조트는 내게 단순히 집과 비슷한 또 하나의 공간이 아니었다. 그곳은 유년기의 감각을 자극하는 거대한 놀이터이자, 세상을 배워 나가는 작은 학교였다. 아침이면 창문을 열자마자 맑은 공기와 함께 산새 소리가 들어왔다. 계절마다 다른 향기를 풍기던 리조트의 공기는, 지금도 떠올리면 그 시절의 기억을 불러일으킨다. 여름엔 풀과 흙 냄새가 짙게 배어 있었고, 겨울엔 새하얀 눈이 햇살에 반짝이며 공기마저 차갑게 빛나던 풍경이 떠오른다.

어린이용 자동차를 몰고 리조트 안을 누비던 장면은 아직도 鮮明하다. 작은 차의 핸들을 잡고 바람을 가르며 달릴 때, 나는 어느새 이곳의 주인이 된 듯한 기분을 느꼈다. 제주도 자동차 박물관에서 어린이 면허증을 발급받던 순간의 뿌듯함은 아직도 마음속에 남아 있다. 그때 아버지께 그 면허증을 내밀며 "아빠, 나도 운전할 수 있어!"라고 외쳤던 장면은 내 인생에서 첫 번째 성취감을 안겨준 기억이었다. 성취 란 꼭 거창한 무언 가가 아니라, 작은 도전에서 비롯된다는 걸 나는 그때 처음 배웠다.

친구들이 우리 집에 놀러 오면, 리조트는 그야말로 하나의 테마파크가 되었다. 수영장에서 물놀이를 하며 깔깔 웃던 소리, 눈썰매장에서 온몸으로 눈을 맞으며 소리치던 순간, 사우나에서 김이 모락모락 피어 오를 때 함께 깔깔거리며 장난치던 시간들. 그러나 정작 나는 그 모든 즐거움 속에서도 때로는 조용히 한 발짝 물러서 있었다. 넓은 공간과 많은 사람들 속에서 중심을 잃을까 봐, 나는 나만의 작은 구석을 찾아 혼자 사색하는 습관을 키워갔다. 그것은 나를 차분하게 만드는 동시에, 내 성격을 형성한 중요한 뿌리가 되었다.

아버지는 리조트라는 환경을 내게 '놀이터'로 주셨지만, 동시에 늘 말씀하셨다. "이곳이 네게 세상을 쉽게 만들어주는 건 아니다. 네가 배워야 할 건 환경이 아니라, 그 안에서 네 자신을 세우는 법이다." 그 말은 어린 나에겐 조금 무겁게 느껴졌지만, 시간이 지나면서 점점 이해되기 시작했다. 풍요 속에서도 중심을 잃지 않고 자신을 다잡는 힘, 그것 이야말로 아버지가 리조트를 통해 내게 가르쳐주고 싶었던 것이었다.

돌이켜보면, 리조트는 내게 두 가지 얼굴을 보여주었다. 하나는 끝없는 즐거움과 호기심을 채워주는 놀이터, 또 하나는 스스로의 내면을 돌아보고 단단하게 만들어가는 도전의 공간이었다. 친구들에겐 단순히 부러움의 대상이었지만, 내겐 때로는 감당해야 할 무게였다. 그러나 그 무게 덕분에 나는 일찍이 환경을 바라보는 눈, 스스로를 단련하는 마음을 배울 수 있었다.

유년기의 특별한 놀이터, 리조트

내게 유년기의 놀이터는 아파트 단지의 놀이터도, 동네 골목길도 아니었

다. 그것은 바로

　아버지께서 경영하시던 장수 리조트였다. 수영장과 눈썰매장, 찜질방과 사우나까지 갖춘 그곳은 어린 시절 나의 세상과도 같았다. 친구들이 내게 "너희 집은 놀이동산이랑 다름없다"고 부러워할 때, 나는 사실 그것이 그저 '일상'이라고 생각했다.

　리조트에서의 하루는 늘 다채로웠다. 여름이면 아침 햇살이 물 위에 반짝일 때 수영장으로 뛰어들었고, 겨울이면 눈썰매를 타며 웃음소리를 가득 울려 퍼뜨렸다. 사우나에선 어른들이 땀을 흘리며 이야기를 나누는 모습을 보았고, 나는 그 사이에서 뜨거운 열기와 사람들의 따뜻한 정을 동시에 느꼈다.

　무엇보다 리조트의 넓은 공간은 나의 상상력을 자극했다. 어린이용 자동차를 몰며 끝없이 이어진 길을 달릴 때면, 나는 마치 작은 탐험가가 된 듯했다. 제주도 자동차 박물관에서 발급받은 어린이 면허증을 아버지께 자랑하던 순간은 아직도 鮮明하다. 그때의 뿌듯함과 자부심은 내가 처음으로 '무언가를 해냈다'는 성취감을 느낀 사건이었다.

　그러나 그 화려한 공간 속에서도 나의 마음은 늘 단순했다. 반짝이는 불빛보다 더 따뜻했던 건 어머니의 품이었고, 휘황찬란한 건물보다 더 든든했던 건 아버지의 웃음이었다. 친구들이 부러워했던 그 공간도, 결국 내겐 가족과 함께하는 시간이 있어야만 빛을 발했다.

기질과 컬러성향, 브레인코칭 상담을 받았을 때, 선생님은 내 기질을 "환경의 화려함보다 관계와 안정 속에서 중심을 잡는 성향"이라고 설명하셨다. BG 컬러의 사고컬러가 가진 힘은 바로 차분함과 균형감각이라는 말씀이 떠올랐다. 리조트 같은 특별한 환경 속에서도 내가 자만하거나 흐트러지지 않을 수 있었던 건, 아버지와 어머니의 꾸준한 가르침과 따뜻한 울타리 덕분이었다.

돌이켜보면, 리조트는 내게 단순한 놀이공간이 아니라 삶의 기초를 다진 '학교'였다. 그곳에서 나는 풍요 속에서도 겸손을 배우고, 넓은 공간 속에서도 자기 절제를 배웠다. 무엇보다 환경이 아닌 '나 자신'이 중심이 되어야 한다는 진리를 일찍 깨닫게 되었다. 이것 이야말로 내 인생 봄의 토양에 뿌려진 가장 소중한 씨앗이었다.

어린 시절의 나, 그리고 리조트의 추억

리조트 안에는 늘 손님들이 북적 였다. 주말이면 가족 단위의 방문객이 몰려와 수영장에서 웃음소리가 끊이지 않았고, 겨울이 되면 눈썰매장을 향해 달려가는 아이들의 함성이 하얀 눈밭에 메아리 쳤다. 그런 풍경 속에서 나는 마치 작은 주인공처럼 리조트 곳곳을 누볐다.

가끔은 직원분들이 내 이름을 부르며 간식을 챙겨 주셨다. 그때마다 나는 '이곳이 내 놀이터이자 내 세상'이라는 묘한 자부심을 느꼈다. 하지만 동시에 그 넓고 화려한 공간이 때론 조금 낯설게 느껴 지기도 했다. 너무 크고 번잡한 리조트 안에서, 조용히 한쪽에 앉아 그림을 그리거나 풍경을 바라보는 시간이 나만의 쉼표였다.

리조트의 밤은 또 다른 기억을 남겼다. 사우나 불빛이 은은히 새어 나오는 길목을 지나며 들리던 물소리, 찜질방 앞에서 들리던 사람들의 웃음소리, 그리고 멀리서 반짝이는 별빛이 합쳐져 독특한 풍경을 만들어냈다. 나는 그런 순간마다 세상이 참 넓고 신비롭다고 느꼈다.

리조트에서의 경험은 내 성격에도 큰 영향을 주었다. 늘 낯선 사람들과 마주하다 보니, 처음엔 어색했지만 점점 사람들의 표정과 분위기를 읽는 눈이 길러졌다. 그것이 훗날 친구들 사이에서 갈등을 중재하거나, 학급에서 리더 역할을 할 때 자연스럽게 발휘되었다.

어느 날 아버지는 나를 데리고 리조트 꼭대기 전망대에 올라가셨다. 아래로 펼쳐진 수영장, 호텔 동, 그리고 멀리 이어진 산맥을 가리키며 이렇게 말씀하셨다. "창우야, 이 모든 게 단순한 건물이 아니라 수많은 사람들의 땀과 노력이 모여 만들어진 거란다. 네가 보는 화려한 겉모습 뒤에는 보이지 않는 수고가 있어. 그걸 기억해야 한다."

그 말씀은 내 마음에 깊이 새겨졌다. 겉으로 보이는 화려함보다 그 안의 노력을 보라는 가르침은, 지금도 내가 세상을 바라보는 기준이 되고 있다.

돌아보면, 리조트에서의 유년기는 단순한 놀이와 추억을 넘어 나라는 사람의 기질을 다듬는 과정이었다. 넓은 공간 속에서 나는 자유를 배웠고, 번잡한 사람들 속에서 나는 관찰을 배웠다. 그리고 아버지의 말씀 속에서, 화려함 너머의 진짜 가치를 배우게 되었다.

이 모든 경험이 모여 지금의 나를 이루고 있다. 리조트는 단순한 집이 아니라, 나를 길러낸 또 하나의 학교였던 셈이다.

나만의 놀이, 그리고 상상의 힘

리조트라는 특별한 공간은 언제나 활기찼지만, 나는 그 속에서 혼자만의 시간을 즐기는 경우가 많았다. 친구들이 함께 모여 뛰노는 대신, 나는 작은 장난감을 들고 구 석에서 이야기를 만들어내곤 했다. 자동차 모형을 줄 세워 두고는 스스로 교통신호를 정해 움직이게 하거나, 종이와 색연필로 새로운 세계를 그려내는 게 나만의 놀이였다.

그 시절의 나는 세상에 없는 나라를 상상하며, 그 나라에는 어떤 사람들이 살고 어떤 집들이 세워질지를 하나하나 적어 내려갔다. 때로는 호텔 방하나가 거대한 성이 되고, 수영장이 바다가 되었다. 현실의 공간이 나만의 상상 속 무대가 되었던 것이다.

어머니는 그런 나를 보고 "창우는 상상력이 풍부하구나"라고 웃으셨다. 하지만 아버지는 조금 다르게 말씀하셨다. "상상은 그냥 끝나는 게 아니라, 언젠가 네 삶의 설계도가 될 수 있단다." 그 말은 단순한 칭찬이 아니라, 내 상상력을 진지하게 바라봐 주신 첫 번째 어른의 목소리였다.

어린 시절 나는 리조트 구석에서 혼자 노는 아이로 보였 을지 모르지만, 사실 그 속에서 세상을 배우고 있었다. 사람들의 움직임을 관찰하며 이야기를 지어내고, 현실의 풍경을 다른 의미로 재해석하는 과정은 나를 차분히 만들고 동시에 창의적으로 자라게 했다.

가끔은 또래 친구들이 나를 향해 "왜 같이 안 놀아?"라고 묻기도 했다. 그럴 때면 잠시 머뭇거리다 "난 이게 더 재밌어"라고 대답했다. 속으로는 외롭기도 했지만, 동시에 나만의 세계를 지켜낸다는 뿌듯함이 있었다. 지금 돌이켜보면 그 고집스러움이 바로 나다 운 힘이었다.

브레인컬러 상담을 받았을 때, 선생님께서 "BG 컬러의 사람들은 혼자 몰입하는 시간에서 큰 힘을 얻는다"라고 말씀해 주신 게 기억난다. 그 말을 듣는 순간, 어린 시절 나만의 놀이가 단순한 고집이 아니라 나의 기질과 성향의 일부였음을 깨 달았다.

  상상은 내게 단순한 시간이 아니었다. 그것은 나를 단단하게 세워주고, 세상을 바라보는 눈을 키워준 중요한 자양분이었다. 그래서 지금도 힘들 때면 나는 다시 어린 시절처럼 공책을 꺼내 상상을 기록하곤 한다. 그 습관은 여전히 내 삶의 큰 힘이다.

어린이 면허증, 첫 번째 성취감

  내 어린 시절 기억 속에 또렷하게 남아 있는 장면이 있다. 바로 제주도 자동차 박물관에서 발급받은 '어린이 면허증'이다. 어린 마음에 진짜 운전면허증처럼 이름과 사진이 들어간 카드를 손에 쥐었을 때의 짜릿한 기분은 아직도 생생하다.

  그날은 가족과 함께 여행을 간 날이었다. 자동차에 대한 관심이 많던 아버지는 나를 박물관 안 체험 코너로 이끌어 주셨다. 작은 전기 자동차를 타고 미니 도로를 달리는 체험이었다. 신호등 앞에서는 멈추고, 횡단보도에서는 pedestrians(보행자)에게 양보해야 했다. 처음에는 긴장해서 핸들을 꽉 잡았지만, 몇 번 코스를 돌다 보니 조금씩 여유가 생겼다. 그리고 코스를 무사히 완주했을 때, 안내 직원이 내게 면허증을 건네주었다. 그 순간, 나는 세상을 다 가진 것처럼 기뻤다.

"아빠, 저 진짜 운전면허증 생겼어요!"

손에 쥔 작은 카드를 아버지께 내밀며 외쳤을 때, 아버지는 특유의 미소를 지으며 내 머리를 쓰다듬으셨다. "그래, 창우야. 그건 단순한 카드가 아니야. 네가 직접 해내서 얻은 첫 번째 성취야. 앞으로 살아가면서도 이런 순간들이 쌓여 네 삶을 만들 거야."

그 말은 어린 내겐 잘 이해되지 않았지만, 시간이 지나면서 조금씩 그 뜻을 알게 되었다. 스스로 해냈다는 경험, 그리고 그 경험을 통해 얻게 되는 자신감이 얼마나 중요한지 깨닫게 된 것이다.

사실 어린 시절의 나는 조용하고 소극적인 편이었다. 남들 앞에 나서기보다는 뒤에서 조용히 관찰하는 쪽이 더 편했다. 그런 나에게 '내가 직접 무언가를 완주했다'는 경험은 큰 전환점이 되었다. 어린이 면허증은 단순한 놀이 체험의 기념품이 아니라, 내안에 숨겨져 있던 가능성을 일깨워 준 열쇠였다.

그날 이후로 나는 무언가를 해내는 작은 성취를 즐기게 되었다. 숙제를 스스로 끝냈을 때, 새로운 문제를 풀었을 때, 또는 운동장에서 끝까지 달려 완주했을 때마다 어린이 면허증을 떠올렸다. '그래, 나도 할 수 있구나'라는 믿음이 생겼기 때문이다.

브레인컬러 상담에서 선생님은 내게 "BG 컬러를 가진 사람은 스스로의 성취 경험이 반복될 때 가장 큰 안정감을 느낀다"라고 말씀해 주셨다. 그 말을 듣자마자 나는 어린이 면허증이 떠올랐다. 그 작은 카드가 내게 준 안정감과 자신감은 단순한 놀이가 아니라, 나의 기질과 맞닿아 있었던 것이다.

　돌이켜보면, 어린이 면허증은 나의 첫 번째 '삶의 증명서'였다. 아직 세상은 넓고 나는 작았지만, 그 속에서 내 자리와 내 가능성을 확인한 순간이었다. 지금도 그 카드를 떠올리면, 그때의 설렘과 성취감이 나를 앞으로 나아가게 하는 힘이 된다.

2

부모님의 울타리와 가르침

부모님의 가르침, 보이지 않는 울타리

내 유년기를 돌아보면, 리조트라는 넓은 공간에서 마음껏 뛰놀 수 있었던 자유와 더불어, 그 자유가 방종으로 흘러가지 않도록 단단히 붙잡아준 보이지 않는 힘이 있었다. 그것은 바로 부모님의 가르침이었다. 어린 시절의 나는 단순히 넓고 화려한 환경이 주는 즐거움에 취해 살았을 수도 있었다. 그러나 부모님은 언제나 내게 균형을 가르치셨고, 그 가르침은 울타리처럼 나를 보호하면서도 동시에 길을 제시해 주었다.

아버지는 종종 내 앞에 앉아 진지한 눈빛으로 말씀하시곤 했다. "창우야, 환경은 네 힘을 키워주는 도구일 뿐이다. 하지만 그게 네 자신을 대신해주진 않아." 그 말은 어린 나로서는 쉽게 이해하기 어려웠다. 리조트의 웅장한 건물, 호텔의 화려한 객실, 주차장에 늘어서 있던 고급 승용차들… 그것이 모두 '나의 것'처럼 느껴졌던 시절이 있었기 때문이다. 하지만 아버지의 목소리에는 늘 단호함이 있었다. 마치 보이지 않는 손이 나를 붙잡고 중심을 잃지 않게 하는 듯했다.

어머니의 가르침은 또 달랐다. 아버지가 이성과 원칙으로 울타리를 세우셨다면, 어머니는 따뜻함과 배려로 그 울타리를 감싸 주셨다. 내가 무언가 잘못했을 때는 누구보다도 먼저 단호하게 지적하셨지만, 작은 성취에도 "잘했다, 창우야. 네가 노력한 걸 나는 알고 있어"라고 귀 기울여 주셨다. 그 말 한마디에 어린 마음은 큰 위로를 얻었고, 다시 도전할 힘을 얻었다.

　이런 부모님의 태도는 내겐 단순한 규율이 아니었다. 자유롭게 뛰어 놀 수 있지만 그 안에서 길을 잃지 않도록 잡아주는 보이지 않는 울타리였다. 나는 친구들이 부러워하는 환경 속에서도 방황하지 않고 내 중심을 지켜갈 수 있었던 이유가 바로 그 울타리 덕분이라는 걸 시간이 흐른 뒤 에야 알게 되었다.

　어릴 적 어느 날, 리조트의 수영장에서 한참을 놀다 집에 들어왔을 때의 일이다. 나는 물놀이에 너무 빠져 학습지를 미뤄둔 채 하루를 보냈다. 그날 저녁, 아버지는 내 방에 들어오셔서 차분히 물으셨다. "오늘 하루를 어떻게 보냈니?" "재미있게 놀았어요. 친구들 이랑도 같이 뛰어놀았고요."
　나는 해맑게 웃으며 대답했지만, 아버지는 잠시 침묵하시더니 천천히 말씀하셨다.

　"노는 것도 좋다. 하지만 네가 해야 할 일을 먼저 마치고 노는 게 진짜 자유야. 해야 할 것을 미루면, 결국 자유도 줄어든 단다."

　그 말은 당시엔 조금 답답하게 느껴졌다. 하지만 지금은 그 뜻을 분명히 안다. 진짜 자유는 책임 위에서 주어지는 것이고, 책임을 외면한 자유는 오래 가지 못한다는 사실 말이다.

　돌이켜보면, 부모님은 나에게 물질적인 풍요보다도 내면의 힘을 키우는 법을 가르쳐 주셨다. 겉으로는 리조트라는 큰 집에 사는 아들이었지만, 부모님이 주신 가장 큰 선물은 언제나 내 중심을 잃지 않도록 붙잡아 주는 말과 행동이었다. 그 울타리 덕분에 나는 넓은 세상 속에서도 길을 잃지 않고 내 발걸음을 지켜올 수 있었다.

부모님의 울타리, 나를 지켜준 가르침

내 어린 시절을 떠올리면, 화려한 리조트의 풍경보다도 먼저 생각나는 것은 부모님의 목소리다. 아버지는 늘 원칙을 강조하셨고, 어머니는 따뜻한 품으로 나를 감싸 주셨다. 두 분의 방식은 달랐지만, 결국 하나의 울타리처럼 나를 지켜주었다.

아버지는 자주 이렇게 말씀하셨다. "창우야, 환경은 네 힘을 키워주는 도구일 뿐이야. 그게 네가 되진 않아." 처음에는 그 말이 무슨 뜻인지 잘 이해되지 않았다. 하지만 시간이 지나면서, 그 말은 내 삶을 지탱하는 보이지 않는 울타리가 되었다. 아무리 넓은 공간에서 자라도, 그 공간을 어떻게 활용하느냐는 전적으로 나에게 달려 있다는 것을 깨닫게 된 것이다.

어머니는 나의 하루하루를 세심하게 지켜봐 주셨다. 내가 작은 실패로 속 상해할 때면 "괜찮아, 다시 해보면 돼"라며 등을 두드려 주셨다. 내가 성취의 기쁨을 맛볼 때는 누구보다 크게 박수를 쳐주셨다. 그 따뜻한 격려는 마치 리조트의 높은 벽보다 더 든든한 울타리였다.

특히 기억에 남는 장면이 있다. 어느 날 시험을 보고 실수로 낮은 점수를 받았을 때, 나는 혼자 방에 들어가 울고 있었다. 그때 아버지가 들어오셔서 내 곁에 앉으셨다. "창우야, 네가 울고 있는 건 점수 때문이 아니라 네 기대만큼 못해서 속상한 거야. 하지만 그 속상함을 잘 다루면, 그게 다음에 더 크게 성장할 힘이 된다." 그 말씀은 단순히 위로가 아니었다. 실패를 대하는 태도에 대해 깊이 생각하게 만든 조언이었다.

부모님의 이런 가르침 덕분에 나는 환경에 자만하지 않고, 작은 성취에도 겸손하려 노력했다. 동시에 실패에도 무너지지 않고 다시 일어나는 법을 배울 수 있었다. 울타리라는 것은 단순히 밖에서 지켜주는 담장이 아니라, 내 안에서 흔들리지 않게 하는 보이지 않는 힘이었다.

브레인컬러 상담에서 선생님은 내게 "BG 컬러는 안정감과 균형을 필요로 한다"고 말씀하셨다. 그때 나는 부모님이 내게 주신 울타리가 바로 그 안정감과 균형의 기반이었음을 깨 달았다. 덕분에 나는 흔들릴 때마다 다시 중심을 찾을 수 있었고, 조용히 내 길을 걸어갈 수 있었다.

이제 돌이켜보면, 부모님의 가르침은 나를 지켜주면서도 동시에 자유롭게 키워준 울타리였다. 그 울타리 안에서 나는 넘어지기도 하고, 다시 일어나기도 하며 조금씩 자라왔다. 그리고 지금의 나는, 그 울타리가 있었기에

가능했다는 사실을 잘 알고 있다

또 다른 울타리, 어머니의 지혜

내 인생에서 아버지가 '질문'이라는 나침반을 주셨다면, 어머니는 '따뜻한 울타리'를 마련해 주셨다. 어릴 적부터 나는 무언 가에 몰두하거나 혼자 있는 시간이 많았다. 그런 나를 가장 먼저 알아봐 준 사람이 바로 어머니였다.

어머니는 나를 억지로 끌어내지 않으셨다. 대신 조용히 다가와 따뜻한 미소를 건네시며 "괜찮아, 네가 하고 싶은 대로 해도 돼. 하지만 마음이 힘들 때는 꼭 말해주렴"이라고 말씀하셨다. 그 말은 어린 나에게 보이지 않는 보호막이 되어주었다.

리조트에서 지내던 시절, 아버지가 업무로 바빠 멀리 출장을 가실 때면 어머니와 단둘이 보내는 시간이 많았다. 그때마다 어머니는 나와 함께 리조트 주변을 산책하며, 꽃 이름을 알려주시고, 자연을 바라보는 눈을 키워 주셨다. "창우야, 꽃도 저마다 피어나는 때가 다르 단다. 빨리 피는 꽃이 있는가 하면 늦게 피는 꽃도 있어. 하지만 결국엔 모두 자기만의 색깔을 내는 거야."

그 말은 단순히 식물 이야기가 아니었다. 지금 돌이켜보면 어머니는 나에게 조급해 하지 말고, 내 속도대로 성장하라는 메시지를 주고 계셨던 것이다. 친구들이 앞서 나가더라도, 나는 나의 리듬을 따라 걸으면 된다는 믿음이 그때부터 내 안에 자리 잡기 시작했다.

또한 어머니는 언제나 나의 작은 성취를 크게 축하해 주셨다. 어린이 자동차 면허증을 따왔을 때도, 시험에서 좋은 점수를 받았을 때도, 심지어는 단순히 그림을 완성했을 때도 "잘했어, 창우야. 네가 한 그 작은 일이 결국 널 크게 성장시킬 거야"라며 내 어깨를 토닥여 주셨다. 그 격려는 내가 스스로를 믿게 되는 힘이 되었다.

아버지가 세상 속에서 어떻게 살아가야 하는지를 가르쳐 주셨다면, 어머니는 내 안의 마음을 지켜주는 방법을 알려주셨다. 두 분의 가르침은 서로 달랐지만, 결국 같은 곳을 향하고 있었다. 아버지가 방향을 제시하는 나침반이라면, 어머니는 그 길을 걸어갈 용기를 주는 바람 같았다.

나는 지금도 힘들 때마다 어머니의 말을 떠올린다. "너는 네 속도로 가도 돼." 이 말은 마치 삶의 속도를 조절해주는 마법 같은 주문이다.

돌아보면, 나는 부모님이라는 두 울타리 덕분에 세상의 거센 바람 속에서도 넘어지지 않고 걸어올 수 있었다. 아버지의 질문과 어머니의 지혜가 어우러져 내 안에 균형을 만들어주었고, 그 균형은 지금도 나를 단단히 지탱해 주고 있다

질문의 힘, 아버지의 또 다른 가르침

아버지는 언제나 내게 질문하는 법을 가르쳐 주셨다. 어린 시절부터 내가 단순히 답을 외우는 것에 만족하지 않도록, 늘 되물으셨다. "창우야, 왜 그렇게 생각하니?", "정말 그게 최선일까?", "다른 방법은 없을까?" 이런 질문들은 처음엔 조금 귀찮게 느껴 지기도 했다. 하지만 시간이 흐르면서 나는 깨 달았다. 아버지의 질문은 단순한 꼬집음이 아니라, 내가 스스로 생각할 수 있도록 만드는 자극이었다는 것을.

아버지는 IMF 이전 한국 사회 이야기를 자주 하셨다. 그 시절은 '암기와 성실'이 가장 중요한 가치였다고 한다. 기업 입사시험, 행정고시, 사법고시 모두 결국 누가 더 많이 외우고 버티느냐 의 싸움이었다. 하지만 지금의 시대는 다르다며, 아버지는 늘 이렇게 말씀하셨다. "이제는 정답을 맞히는 사람이 아니라, 올바른 질문을 던지는 사람이 앞서간다."

이 말은 내게 큰 울림이 되었다. 학교에서 시험을 볼 때, 문제의 답을 찾는 데만 급급했던 나 자신을 돌아보게 했다. 아버지는 문제를 풀기보다 문제를 바라보는 시선을 먼저 점검하라고 가르치셨다. 예를 들어 수학 문제를 풀다가 막히면, 아버지는 이렇게 물으셨다. "창우야, 이 문제는 왜 이런 조건을 달았을까? 출제자가 의도한 건 뭘까?" 단순히 답을 찾는 게 아니라, 문제의 본질을 파악하는 연습을 시키신 것이다.

브레인컬러 상담에서도 이와 비슷한 맥락의 이야기를 들었다. 선생님은 내 성향을 설명하면서, "BG 컬러를 가진 사람은 사실과 구조를 파악하는 데 강점이 있다. 단순히 표면을 보지 않고, 원인을 탐구하려는 힘이 있다"고 말씀해 주셨다. 그 말은 곧, 내가 아버지의 질문 교육을 통해 더욱 단련된 부분이기도 했다.

어느 날은 내가 "왜 질문이 답보다 중요할까요?"라고 아버지께 여쭤본 적이 있다. 아버지는 잠시 미소를 지으시더니, 아인슈타인의 말을 들려주셨다. "만약 내가 목숨을 구할 방법을 찾아야 하는 상황이라면, 나는 1 시간 중 55 분을 올바른 질문을 찾는 데 쓰겠다. 질문만 제대로 찾으면 정답은 5 분 안에 찾을 수 있으니까." 그 말은 지금도 내 마음에 깊이 남아 있다.

나는 점점 이해하게 되었다. 질문이란 단순한 의문이 아니라, 세상을 보는 방식이라는것. 올바른 질문을 던질 줄 아는 사람은, 답을 찾지 못하더라도 이미 다른 길을 볼 수 있다. 아버지께서 내게 심어 주신 이 질문의 힘은, 지금까지도 내 사고의 뿌리가 되어주고 있다.

아버지와의 대화, 보이지 않는 울타리

어릴 적 나는 가끔 리조트의 넓은 정원을 뛰어다니다가 지쳐서 벤치에 앉곤 했다. 그때면 아버지가 조용히 옆에 앉아 말씀을 건네셨다. "창우야, 세상은 넓어 보이지만 네가 어디에 서는가에 따라 전혀 다르게 보이는 거란다." 어린 마음엔 그 말이 무슨 뜻인지 이해하기 어려웠지만, 아버지의 진지한 눈빛은 지금도 생생하다.

아버지의 말씀은 늘 비유와 질문으로 시작되었다. "만약 이 리조트가 너 혼자만의 공간이라면, 과연 즐겁기만 할까?"라는 물음에 나는 대답을 하지 못했다. 그러자 아버지는 웃으며 덧붙이셨다. "사람은 혼자서는 완전할 수 없어. 함께 있을 때 의미가 생기는 거야. 그래서 너도 네 자리에서 늘 사람을 귀하게 여겨야 한다."

그런 대화는 어린 나에게 보이지 않는 울타리처럼 다가왔다. 겉으론 자유롭게 뛰노는 듯 했지만, 사실 그 울타리가 있었기에 길을 잃지 않을 수 있었다. 리조트처럼 넓은 세상에서도 중심을 잃지 않고 설 수 있었던 건 바로 아버지의 말씀이 내 안에 깊이 새겨져 있었기 때문이다.

브레인컬러 상담에서 들었던 "BG 컬러의 중심 잡는 힘"이라는 표현은 곧 아버지의 가르침과 이어졌다. 감정에 치우치지 않고 상황을 객관적으로 보는 태도, 그리고 사람 사이의 균형을 잃지 않으려는 노력. 나는 그게 단순히 내 성격이 아니라, 아버지가 오랜 시간 심어 주신 가치라는 걸 깨달았다.

가끔은 아버지의 말씀이 무겁게 느껴지고도 했다. 친구들은 단순히 놀고

웃는데, 나는 늘 '무언가를 배워야 한다'는 듯한 책임감을 지녔기 때문이다. 하지만 시간이 흐르며 깨 달았다. 그 무게가 곧 나를 단단하게 지켜주는 울타리였음을.

　돌이켜보면 아버지와의 대화는 늘 나를 향한 신뢰에서 비롯되었다. 아버지는 내가 어리다고 해서 단순한 이야기만 하신 것이 아니라, 언제나 한 사람의 어른처럼 존중하며 말씀해주셨다. 그 존중 속에서 나는 스스로를 귀하게 여기게 되었고, 동시에 타인을 존중하는 법을 배울 수 있었다.

　오늘의 나는 여전히 아버지의 울타리 안에서 자라고 있지만, 언젠가 그 울타리를 넘어 내 울타리를 만들 날이 올 것이다. 그리고 그날이 오면, 나 역시 누군가에게 따뜻한 울타리가 되어주고 싶다. 그것이 아버지가 내게 가르쳐 주신 삶의 방식이자, 내가 이어가야 할 책임이기 때문이다

3

아버지의 철학과 나의 미래

—

아버지의 철학과 나의 미래 설계

아버지께서는 늘 말씀하셨다. "창우야, 사람은 자기 삶의 주인이 되어야 한다. 남이 짜준 길을 그대로 걷는 것은 쉽지만, 그 길 끝에는 진정한 만족이 없다."이 말은 단순한 교훈이 아니라 내 인생의 나침반이 되었다. 나는 고등학생이지만, 이미 내 앞의 길을 어떻게 열어갈지에 대한 고민을 시작했다.

나는 29 세까지의 내 삶을 '봄의 완성'이라고 정의한다. 봄은 씨앗을 뿌리고 싹을 틔우는 시기다. 내가 지금 배우고, 실험하고, 실패하며 얻는 모든 경험이 내 삶의 토양이 된다. 그래서 지금은 단순히 성적을 잘 받는 것이 목표가 아니다. 나의 기질, 나의 컬러, 나의 강점과 약점을 정확히 이해하고 그것을 기반으로 '어떤 씨앗을 뿌릴 것인가'를 결정하는 과정이다.

브레인컬러 상담에서 나는 토 1 형 실천형 기질, BG 사고 컬러, BG-Yg-BG 행동 컬러라는 결과를 받았다. 이 분석은 나의 성향을 과학적으로 보여주는 지도가 되었다. 조용하지만 중심이 단단한 성향, 관계 속에서 따뜻함을 불어넣는 힘, 그리고 반복과 균형을 통해 성장하는 방식. 이 결과는 아버지의 철학과도 맞닿아 있었다. 아버지께서 늘 강조하시던 "준비하라, 질문하라, 시스템을 갖춰라"는 인생의 3 원칙은 내 컬러 성향을 통해 더욱 선명하게 체화 되었다.

그래서 나는 29 세까지 세 가지 목표를 세웠다. 첫째, 지식의 뿌리를 깊게 내리는 것. 단순히 교과서 지식을 넘어, 다양한 분야의 책을 읽고, 기록하고, 정리하는 습관을 유지하려 한다. BG 컬러의 균형 감각은 내가 학문을 단단히 쌓아가도록 도와줄 것이다. 둘째, 사람을 이해하는 눈을 기르는 것. Yg 컬러가 가진 관계 감수성은 내가 누군가의 이야기에 귀 기울이고, 때로는 따뜻한 말 한마디로 변화를 만드는 힘이 된다. 나는 이 힘을 키워서, 나만이 아니라 함께하는 사람들을 성장시키고 싶다. 셋째, 실천을 통해 나만의 시스템을 완성하는 것. 계획에만 머무르지 않고, 작은 루틴을 만들어 꾸준히 실천하면서 나의 뇌와 마음을 훈련하는 것이다. 아버지께서 강조하신 것처럼, 삶은 결국 시스템으로 유지된다.

29 세의 나는 어떤 모습일까? 아마도 지금보다 훨씬 많은 경험을 쌓고, 더 단단해 져 있을 것이다. 하지만 나는 '완벽한 성공'보다 '나 답게 성장하는 삶'을 원한다. 그것이 아버지의 철학이 내게 심어준 가장 큰 선물이자, 내가 앞으로 지켜야 할 약속이다.

아버지의 철학을 나의 길로

아버지께서 내게 물려주신 가장 큰 유산은 철학이다. "사랑으로 힘을 얻고, 지식으로 길을 잡아라." 이 문장은 내 삶의 축이 되었다. 사랑 없는 지식은 차갑고, 지식 없는 사랑은 쉽게 길을 잃는다. 나는 이 둘을 동시에 세우는 법을 배우는 중이다. 사랑은 구호가 아니라 행동이다. 가족과 친구에게 시간을 내고, 약속을 지키고, 고맙다는 말을 제때 하는 일. 지식은 자격증이 아니라 태도다. 모른다고 말할 수 있는 용기, 근거를 확인하는 습관, 틀렸을 때 빠르게 수정하는 자세. 두 축이 함께 움직일 때, 나는 덜 흔들린다.

아버지는 또 이렇게 가르치셨다. "크게 흔들리지 않으려면 작게 자주 흔들려야 한다." 실패를 회피하지 말고, 작은 단위로 빨리 실패하고, 더 빠르게 수정하라는 뜻이다. 나는 이 말을 공부와 관계 모두에 적용한다. 모르는 문제는 표시해 두고 다음 날 '오답 인터뷰'를 한다. 왜 틀렸는지, 어디서 헷갈렸는지, 어떤 개념이 비어 있었는지 스스로 묻는다. 관계의 오해도 마찬가지다. 마음이 걸리면 그날 안에 메시지를 보낸다. "내 말이 이렇게 들렸을까 걱정돼." 짧게, 솔직하게, 빠르게. 그게 오해를 키우지 않는 방법이었다.

브레인컬러 상담에서 들은 BG 의 균형과 Yg 의 감수성은 아버지의 철학과 닿아 있다. 균형은 판단을, 감수성은 배려를 낳는다. 판단만 있고 배려가 없으면 독선이 되고, 배려만 있고 판단이 없으면 우유부단이 된다. 나는 이 둘을 '조율'로 엮는다. 그래서 내 목표는 뛰어난 독주자가 아니라, 좋은 오케스트라 리더에 가깝다. 내 목소리를 내되, 누군가의 목소리를 묻지 않는 리더. 앞으로 어떤 자리에서 든 나는 이 철학을 나의 방식으로 증명하고 싶다. 매일의 작은 선택으로.

아버지의 철학과 나의 길

아버지는 늘 나에게 세 가지 원칙을 강조하셨다. "준비하라, 질문하라, 그리고 시스템을 갖춰라." 처음엔 단순한 충고처럼 들렸지만, 시간이 지날수록 이 세 가지가 얼마나 깊은 의미를 갖는지 깨닫게 된다.

준비란 단순히 시험공부를 하는 차원이 아니다. 인생에서 다가올 수많은 변수들을 맞이할 마음의 태세를 갖추는 것이다. 나는 아직 경험이 부족하지만, 작은 준비의 힘이 얼마나 큰 차이를 만드는지 느끼곤 한다. 예를 들어 발표 수업이 있을 때 미리 자료를 찾아보고 정리하면, 발표 당일 긴장 속에서도 나의 목소리를 잃지 않을 수 있다. 준비는 불안을 줄이고, 자신감을 키워주는 가장 든든한 무기다.

질문은 내 삶을 움직이는 엔진이다. 단순히 교과서에 있는 정답을 묻는 것이 아니라, "왜 나는 이렇게 느끼는가?", "어떻게 하면 더 나아질 수 있는가?"와 같은 근본적인 물음이다. 브레인컬러 상담을 받았을 때 선생님께서 말씀하셨던 "좋은 질문은 정답보다 오래 간다"는 말이 내 안에 깊이 새겨져 있다. 나는 이 질문하는 습관이 내 인생의 방향을 결정해 줄 것이라 믿는다.

마지막으로 시스템. 그것은 내 삶을 관리하는 틀이다. 무작정 노력하는 것이 아니라, 나에게 맞는 방식과 루틴을 만들어 꾸준히 이어가는 것이다. 하루 세 가지 집중한 일을 기록하는 습관, 조용한 시간을 확보해 생각을 정리하는 습관, 그리고 자연이나 음악 속에서 마음을 회복하는 습관. 이 작은 시스템들이 모여 나의 일상을 지탱해 준다.

나는 아버지의 철학을 단순히 들은 말로 끝내고 싶지 않다. 그것을 내 삶에 적용해 살아 있는 지혜로 만들고 싶다. 29 세의 내가 지금보다 훨씬 더 단단하고, 흔들리지 않는 이유가 된다면, 아버지의 가르침을 삶으로 증명한 셈일 것이다.

질문하는 법을 배운 시간

아버지와의 대화에서 내가 가장 많이 배운 것은 '질문'의 힘이었다. 학교에서는 언제나 정답을 얼마나 빨리, 정확하게 맞히는지가 중요했다. 시험지 위에 적힌 답안을 맞히면 성적이 오르고, 교과서의 내용을 그대로 외우면 칭찬을 받았다. 나 역시 그 틀에 익숙해져서 정답을 맞히는 일에만 집중하곤 했다. 그러나 아버지는 내게 다른 길을 보여주셨다.

"창우야, 정답은 시대가 바뀌면 달라질 수 있어. 하지만 좋은 질문은 시대를 뛰어넘어 사람을 성장시킨 단다."

아버지는 늘 이렇게 말씀하시며, 내게 생각할 거리를 던지셨다. IMF 이

전 한국 사회가 고도성장기에 있었을 때, 사람들은 열심히만 일하면 내일이 더 좋아질 거라 믿었다고 하셨다. 그 시절은 '성실, 끈기, 책임감, 열정'만 있으면 충분히 사회에서 인정받을 수 있었다. 기업에 들어가도, 공무원 시험을 준비해도, 그저 매뉴얼에 적힌 대로 충실히 따라가기만 하면 길이 열렸다고 한다.

하지만 IMF 이후 세상은 완전히 달라졌다. 아버지는 그 변화를 직접 경험하며 배운 깨달음을 내게 들려주셨다. "예전에는 '어떻게 하면 성실하게 따를 수 있을까?'라는 질문이 중요했지. 하지만 이제는 '어떻게 새 길을 만들 수 있을까?'라는 질문을 던져야 살아남는 시대야."

나는 그 말을 들으며 처음으로 '질문이 정답보다 중요하다'는 말의 의미를 느끼기 시작했다. 친 구들과의 대화에서도, 단순히 "맞아, 틀려"를 따지기보다는 "왜 그렇게 생각해?"라고 묻는 연습을 했다. 작은 차이였지만 대화의 분위기가 확 달라졌다. 상대방도 스스로의 생각을 돌아보게 되고, 나 역시 더 깊이 이해할 수 있었다.

어느 날 아버지는 나를 앉혀놓고 네 가지 질문을 소개해 주셨다.

"첫째, 뭐 야? 탐구하는 질문이야. 둘째, 진짜? 비판적인 질문이지. 셋째, 좀 더? 문제 해결을 향한 질문이야. 넷째, 왜? 이유를 분석하는 질문이야. 이 네 가지 질문만 몸에 익히면 어떤 상황에서도 길을 찾을 수 있어."

그 순간 나는 마치 비밀스러운 열쇠 꾸러미를 받은 듯한 기분이 들었다. 그 후로 일상 속에서 아버지가 가르쳐 주신 질문을 스스로에게 던지려 노력했다. 시험지를 풀 때도 단순히 정답을 적기 전에 '왜 이 답이 맞을까?', 친구와 의견이 다를 때도 '진짜 네가 그렇게 생각하는 이유가 뭐 야?'라고 묻는 습관을 들였다.

물론 쉽지는 않았다. 때로는 질문이 대화를 길게 만들고, 친구들이 답답해 하기도 했다. 하지만 점점 질문은 나에게 또 다른 힘을 주었다. 그 힘은 단순히 지식을 쌓는 힘이 아니라, 세상을 바라보는 눈을 넓히는 힘이었다.

지금도 나는 공부할 때, 누군가와 대화할 때, 혹은 혼자만의 시간을 보낼 때 스스로에게 질문을 던진다. "이건 왜 그런 걸까?", "나는 지금 제대로 하고 있는 걸까?", "더 나은 방법은 없을까?" 질문이 많아질수록 내 생각의 깊이는 커지고, 그 과정 속에서 나는 조금씩 더 단 단해지고 있음을 느낀다.

돌이켜보면, 아버지가 내게 가르쳐 주신 것은 단순히 '공부 잘하는 법'이 아니었다. 살아가며 수많은 선택의 기로에 서게 될 때, 흔들리지 않고 길을 찾을 수 있는 내면의 나침반을 주신 것이었다. 그 나침반의 이름이 바로 '질문'이었다

질문은 나를 성장시킨다

나는 어려서부터 질문을 잘하는 아이는 아니었다. 오히려 조용히 앉아 선생님의 설명을 듣고, 교과서에 밑줄만 긋는 스타일이었다. 친구들 중에는 수업 도중 "왜요?" 하고 손을 드는 용감한 아이들이 있었지만, 나는 그저 속으로만 궁금증을 품곤 했다. 그런데 아버지는 그런 내게 "조용히만 있지 말고, 네 생각을 밖으로 꺼내라"고 늘 말씀하셨다.

처음에는 쉽지 않았다. 질문을 하면 괜히 눈에 띌 것 같았고, 틀린 소리를 하게 될까 두려웠다. 하지만 아버지는 계속해서 질문하는 훈련을 시키셨다. 저녁 식탁에서 뉴스를 보다 가도, "창우야, 저 상황을 네가 해결해야 한다면 어떻게 할래?"라고 물으셨다. 답이 없어도 괜찮다고 하시면서, 중요한 건 나의 시선과 사고 과정이라고 강조하셨다.

이러한 훈련은 나를 조금씩 변화시켰다. 단순히 '무엇을 외워야 할까'라는 사고에서 벗어나, '왜 이런 일이 벌어질까', '어떤 배경이 있을까'를 생각하게 된 것이다. 예를 들어 역사 공부를 할 때도, 과거의 사건을 단순히 연도와 인물로 외우는 대신, "왜 그 시대 사람들은 그런 선택을 했을까?", "다른 대안은 없었을까?"라고 스스로 질문하며 공부하게 되었다. 그 결과, 이해의 깊이가 달라졌고, 암기조차 훨씬 오래갔다.

브레인컬러 상담을 받았을 때 선생님도 내게 "네 안에는 질문을 통해 사고를 확장하는 힘이 있다"고 말씀해 주셨다. BG 컬러의 특성상, 나는 감정보다 구조를 먼저 본다. 그래서 상황을 단정하지 않고, 차분히 원인을 분석하려는 성향이 강하다. 이런 기질 덕분에 질문은 단순히 학습 도구가 아니라, 나 자신을 성장시키는 원동력이 될 수 있었다.

나는 이제 질문 이야말로 내가 세상을 이해하는 창문이라고 생각한다. 정답은 시대와 상황에 따라 바뀔 수 있지만, 질문은 늘 새로운 길을 열어 준다. 고등학생인 지금, 나는 여전히 많은 것을 배우는 과정 속에 있지만, "올바른 질문을 던질 줄 아는 사람"이 되고 싶다. 그것이야 말로 아버지가 내게 넘겨주신 가장 큰 선물이자, 내가 나 자신을 성장시킬 수 있는 방법이기 때문이다.

배움의 시작, 질문의 힘

나는 어릴 적부터 '왜?'라는 질문을 자주 던지는 아이였다. 장난감이 고장 나면 "왜 안 되지?" 하고, 하늘이 흐리면 "왜 비가 오는 거야?" 하고, 심지어 어른들의 대화 속 낯선 단어를 들을 때마다 "그게 무슨 뜻이에요?" 하고 물었다. 어떤 사람들은 귀찮아 하기도 했지만, 아버지는 늘 미소를 지으며 내 질문을 받아 주셨다.

어느 날, 아버지는 내게 책 한 권을 건네셨다. 겉표지에는 굵직하게 이런 문장이 쓰여 있었다.

"깨달음을 주는 것은 답이 아니라 질문이다."

그 문장은 어린 내게 강렬하게 다가왔다. 아버지는 책을 덮으며 이렇게 말씀하셨다. "창우야, 좋은 답보다 더 중요한 건 좋은 질문이야. 질문을 잘하는 사람이 결국 배움을 이어갈 수 있단다."

그날 이후 나는 질문을 두려워하지 않게 되었다. 학교 수업에서도 선생님께 "이 부분은 다른 상황에서도 적용되나요?"라고 물어보곤 했다. 친구들은 때때로 "괜히 튀네"라고 말했지만, 나는 오히려 그런 질문이 내 이해를 넓혀준다고 믿었다.

아버지는 IMF 이전 한국 사회 이야기를 종종 들려주셨다. 그 시절은 무엇이든 빠르게 성장하고, 준비된 매뉴얼만 따라가도 성공할 수 있는 시대였다고 하셨다. 그러나 지금은 다르다며, 이제는 성실함보다 더 중요한 것이 질문과 사고력이라고 강조하셨다. "세상이 정답을 바꾸고 있을 때, 옛날 답만 붙잡으면 뒤처지게 된다. 하지만 올바른 질문을 던질 줄 아는 사람은 언제나 앞서갈 수 있어."

브레인컬러 상담에서 선생님도 비슷한 말씀을 하셨다. 내 사고 컬러인

BG 는 차분히 상황을 분석하고, 필요할 때 질문을 통해 본질을 파고드는 성향이라고. 그 설명을 들었을 때, 나는 아버지의 가르침과 나의 기질이 자연스럽게 이어져 있다는 걸 알게 되었다.

물론 질문이 항상 환영받는 건 아니다. 때로는 분위기를 깨거나, 상대를 당황하게 할 때도 있었다. 하지만 나는 그런 경험 속에서 배웠다. 질문은 단순히 던지는 것이 아니라, 상황과 사람을 배려하면서 던져야 더 큰 힘을 발휘한다는 것을. 그 섬세함을 배우는 과정 또한 나의 성장의 일부였다.

이제 나는 스스로에게도 질문을 던진다. "나는 어떤 사람이 되고 싶은가?", "오늘 하루에서 가장 배운 건 무엇인가?" 이런 물음들은 내 일상을 점검하는 나침반이 된다.

결국, 질문은 나를 앞으로 나아가게 하는 원동력이었다. 답을 찾기 위해 던진 물음이 쌓여, 나만의 길을 열어가는 과정. 그것이 내가 배움의 시작점에서 얻은 가장 큰 깨달음이다.

삶의 원칙, 준비와 질문, 그리고 시스템

아버지는 종종 인생을 수학 공식에 비유하셨다. 복잡하게 얽힌 문제를 풀려면 공식을 알고 있어야 하고, 그 공식을 제대로 적용해야 원하는 답을 얻을 수 있다고. 어느 날 저녁 식탁에서 아버지는 나를 똑바로 바라보며 이렇게 말씀하셨다. "창우야, 인생에도 공식이 있다. 준비하라, 질문하라, 그리고 시스템을 갖춰라. 이 세 가지가 네 인생의 기초가 될 거야."

그 말은 단순한 조언이 아니었다. 아버지는 실제 경험에서 우러나온 이야기로 하나하나 풀어주셨다. 준비가 없는 도전은 모래 위에 집을 짓는 것과 같다고 하셨다. 아무리 멋진 설계도를 그려도 기초가 부실하면 무너진다. 그래서 늘 작은 습관 하나라도 꾸준히 이어가며, 미래를 위한 준비를 멈추지 말라고 강조하셨다.

두 번째는 질문이었다. 아버지는 내게 늘 물음을 던지게 하셨다. "왜 그렇게 생각하니?", "다른 방법은 없을까?" 처음에는 대답하기 벅찼지만, 시간이 갈수록 질문은 내 사고를 넓히는 자극이 되었다. 브레인컬러 상담에서도 나의 성향을 '차분히 분석하며 본질을 찾는 사고 컬러'로 설명했는데, 나는 그게 단순한 성격이 아니라 아버지의 가르침과 맞닿아 있다는 걸 깨달았다.

마지막은 시스템이었다. 아버지는 늘 "좋은 아이디어도 실행되지 않으면 공상일 뿐이다"라고 말씀하셨다. 공부를 할 때도 계획표를 세우고, 생활 속에서도 스스로 점검할 수 있는 루틴을 만들라는 조언을 주셨다. 그래서 나는 하루가 끝나면 반드시 '오늘 가장 잘한 일 세 가지'를 기록한다. 그것이 나만의 작은 시스템이자 성취감을 쌓는 방법이다.

이 세 가지 원칙은 단순히 공부나 진로를 위한 게 아니었다. 친구 관계에서도, 동아리 활동에서도 그대로 적용할 수 있었다. 준비가 되어 있어야 기회를 잡을 수 있고, 질문을 통해 서로를 이해할 수 있으며, 시스템을 갖춰야 협력이 지속될 수 있었다.

돌이켜보면, 나는 아직 고등학생이지만 이 원칙들이 내 일상 곳곳에서 나를 이끌어주고 있었다. 마치 눈에 보이지 않는 나침반처럼. 때로는 불안할 때도 있었지만, 아버지가 심어 주신 이 원칙 덕분에 길을 잃지 않고 앞으로 나아갈 수 있었다.

결국, 준비와 질문, 그리고 시스템. 이 세 가지는 아버지가 내게 넘겨주신 가장 큰 유산이자, 내가 평생 지켜가야 할 삶의 원칙이 되었다.

4

친구와 관계 속에서 배운 것

친구라는 이름의 또 다른 배움

나는 종종 '학교는 작은 사회'라는 말을 떠올린다. 교실 안에는 다양한 성격, 다양한 배경, 다양한 꿈을 가진 친구들이 모여 있다. 어떤 친구는 늘 활기차고 말이 많아 분위기를 이끌었고, 또 어떤 친구는 조용히 뒷자리에서 묵묵히 자기 일을 해냈다. 그 사이에서 나는 늘 중심을 잡으며, 서로 다른 색깔의 친구들을 연결하는 다리 같은 역할을 하곤 했다.

어느 날은 성적 때문에 속상해 하는 친구를 본 적이 있다. 시험 결과가 기대에 못 미쳤든지, 얼굴이 잔뜩 굳어 있었다. 나는 그 친구 옆에 조용히 앉아 "괜찮아, 이번이 전부는 아니 잖아. 너는 늘 꾸준히 해왔으니까 분명히 다시 잘할 거야"라고 말했다. 그 말에 친구는 살짝 웃으며 "네가 그렇게 말해주니까 힘 난다"라고 대답했다. 그 순간 나는 깨달았다. 친구란 단순히 함께 웃고 떠드는 사이가 아니라, 서로의 약한 순간에 힘이 되어주는 존재라는 사실을.

또 다른 날에는 반에서 의견이 갈려 조별 활동이 잘 진행되지 않을 때가 있었다. 한쪽은 빨리 결과를 내자는 쪽, 다른 한쪽은 천천히 과정을 중요시하자는 쪽이었다. 나는 두 의견을 듣고 나서 "결과도 중요하지만 과정에서 우리가 배우는 것도 소중해. 그러니 이번에는 조금 균형을 맞춰서, 기한을 지키되 과정을 놓치지 않도록 하자"라고 정리했다. 친구들은 고개를 끄덕이며 다시 합심했다. 이때 느낀 건, 친구와의 관계 속에서도 '조율'은 필수라는 것이었다.

브레인컬러 상담에서 선생님은 내게 "너는 사람들과 깊게 연결되길 원하지만, 동시에 혼자만의 시간을 통해 에너지를 회복하는 성향도 강하다"라고 말씀하셨다. 그 말은 곧, 내가 친구 관계에서 지나치게 휘둘리거나 의존하지 않도록 균형을 잡아야 한다는 뜻이기도 했다. 그래서 나는 의도적으로 하루에 한 번은 혼자만의 시간을 가지려 한다. 그 시간 동안 나는 친구들과 있었던 일을 돌아보며, 감사한 점을 기록하기도 하고 아쉬웠던 점을 반성하기도 한다. 그 습관은 나를 더 성숙하게 만들었다.

나는 이제 친구라는 이름이 단순히 '같은 반 사람들' 이상의 의미를 가진다고 생각한다. 친구는 나를 성장하게 하고, 내 안의 또 다른 가능성을 꺼내주는 존재다. 웃음을 나누고, 때로는 눈물을 나누며, 그 속에서 우리는 서로를 통해 더 단단해 진다. 결국 친구란 나를 비추는 또 하나의 거울이자, 함께 걸어가는 동반자였다.

조율자로서의 배움과 적용

내가 학창 시절을 돌이켜보면, 친구들 사이에서 가장 많이 맡았던 역할이 바로 '중간에서 정리하는 사람', 즉 조율자의 자리였다. 어쩌면 성격이 조용하고 차분한 탓에 자연스럽게 그렇게 되었는지도 모른다. 누군가 목소리를 높이면 나는 그 소리를 조용히 다듬어주었고, 서로 오해가 쌓이면 나는 양쪽의 이야기를 끝까지 들어주며 다리를 놓았다.

처음에는 솔직히 부담스러웠다. 왜 하필 내가 이 역할을 해야 할까, 누군가는 뒤에서 구경만 하고 나는 늘 중간에 서서 양쪽 눈치를 봐야 하는 게 억울하게 느껴질 때도 있었다. 하지만 시간이 지나면서 나는 깨달았다. 조율자는 단순히 갈등을 풀어주는 사람이 아니라, 사람과 사람 사이에 신뢰를 만들어주는 사람이라는 것을. 그 순간부터 이 역할은 내게 억울한 짐이 아니라 감사한 책임으로 다가왔다.

특히 기억에 남는 사건이 하나 있다. 체육대회 준비 과정에서 친구들이 의견이 갈려 한동안 팀 분위기가 냉랭해진 적이 있었다. 누군가는 전략을 더 연습하자고 주장했고, 다른 누군가는 그냥 즐기자는 입장이었다. 그때 나는 둘 다의 말이 맞다는 사실을 깨닫고, 이렇게 말했다. "연습을 열심히 하면서도 즐겁게 하면 되지 않을까? 우리가 팀이라는 건, 서로의 방식이 다를 때 그 차이를 합쳐가는 게 아닌가 싶어."

내 말이 특별히 대단한 건 아니었지만, 그 순간 분위기가 조금씩 풀리기 시작했다. 연습 시간에는 집중해서 훈련하고, 마무리할 때는 함께 웃으며 즐기기로 합의가 되었다. 결국 우리 팀은 성적도 나쁘지 않았고, 무엇보다 함께하는 과정이 훨씬 즐거워졌다.

브레인컬러 상담에서 선생님은 내 이런 성향을 'BG 컬러의 균형감각'이라고 설명해 주셨다. 감정적으로 치우치지 않고 상황을 객관적으로 바라보며, 따뜻하게 관계를 이어가는 힘이 내 안에 있다는 것이다. 그 말을 들으면서 나는 스스로 자부심을 느꼈다. 그동안 단순히 우유부단하다고 생각했던 내 태도가 사실은 관계를 지켜내는 중요한 힘 이었다는 걸 알게 된 것이다.

이후로 나는 조율자의 역할을 피하지 않았다. 오히려 더 성숙한 방법으로 다가가기 위해 노력했다. 갈등이 생기면 먼저 경청하고, 감정에 상처를 입은 친구가 있다면 말보다는 눈빛과 행동으로 따뜻함을 전하려고 했다. 작은 리 액션 하나, 짧은 한마디의 위로가 때로는 긴 설명보다 더 큰 효과를 가져오는 걸 경험했기 때문이다.

지금 생각해보면, 조율자가 된다는 것은 단순히 '사이를 중재하는 것'이 아니다. 여러개의 악기가 모여 하나의 교향곡을 완성하듯, 서로 다른 목소리들이 어울려 화음을 이루게 하는 것이 진짜 조율자의 역할이다. 그리고 나는 그 배움을 통해 한 가지 확신을 가지게 되었다. 나는 조율을 통해 사람을 살리고, 관계를 이어가는 사람이 되고 싶다는 것. 그것이 내 성향이자, 앞으로의 길을 밝혀줄 소중한 등불이라고 믿는다.

지금 곰곰히 생각해보니 아버지께서 지난번 민간오케스트라 단장을 하시면서 삶이란? 인생이란? 화음과 교향곡을 강조하신 이유를 이제는 조금씩 무슨뜻인가 이해가 되는 것 같다.

작은 리더십, 큰 배움

　나는 스스로를 큰 리더라고 생각해 본 적은 없다. 하지만 학창 시절을 돌아보면, 내가 맡아온 작은 자리들이 결국은 나를 성장시키는 리더십의 학교였음을 알게 된다. 학급 회장을 맡았던 경험, 체육대회 팀장을 맡았던 경험, 심지어는 단순히 조별 과제의 발표자를 맡았던 경험까지. 하나하나가 내 안에 작은 리더십의 씨앗을 심어주었다.

　처음 회장을 맡았을 때 나는 많이 서툴렀다. 발표할 때 목소리도 떨렸고, 친구들 앞에서 의견을 조율하는 일도 쉽지 않았다. 특히 갈등이 생기면 어떻게 풀어야 할지 몰라 곤란했던 적이 많았다. 하지만 그때마다 아버지께서 해 주신 말씀이 큰 힘이 되었다. "창우야, 리더 란 완벽한 사람이 아니라, 사람들의 마음을 모을 수 있는 사람이다."

　그 말씀을 마음에 새기며 나는 조금씩 변했다. 친구들의 의견을 끝까지 들어주려고 했고, 중요한 결정을 할 때는 혼자 판단하기보다 모두의 목소리를 반영하려고 노력했다. 때로는 속도가 느려졌지만, 그 과정 속에서 친구들은 내가 진심으로 함께하려 한다는 걸 알게 되었고, 점차 협력이 잘 이루어졌다.

　체육대회 준비 때도 비슷한 경험이 있었다. 어떤 친구는 이기고 싶다는 욕심에 훈련강도를 높이자고 했고, 또 다른 친구는 너무 힘들다며 반발했다. 그 순간 나는 단순히 양쪽을 타협 시키는 것이 아니라, 각자가 가진 열정을 존중해 주려 했다. "우리가 승리하는 것도 중요하지만, 끝나고 나서 서로 웃을 수 있다면 그게 더 큰 승리 아닐까?"라고 말했을 때, 친구들의 표정이 달라졌다. 그 후 우리 반은 성적보다 분위기로 기억되는 팀이 되었고, 나 역시 리더십이란 성과보다 과정 속에서 피어나는 신뢰임을 배웠다.

또 하나 인상 깊었던 건, 작은 배려가 큰 힘을 발휘한다는 사실이었다. 조별 과제를 할 때 친구가 발표를 두려워하자 내가 대신 맡았는데, 발표를 마친 후 그 친구가 "정말 고마워"라고 속삭였다. 그 순간 깨 달았다. 리더십은 거창한 자리에만 있는 것이 아니라, 작은 행동 하나에도 깃들어 있다는 것을.

브레인컬러 상담에서 선생님은 내게 "창우는 조율자형 리더"라고 말씀해 주셨다. 권위로 이끄는 리더가 아니라, 균형과 신뢰로 이끄는 리더라는 뜻이다. 그 말은 내 경험과 너무도 잘 맞아떨어졌다. 나는 앞장서는 것보다 함께 걸어가는 리더이고 싶다. 친구들이 나를 통해 조금 더 편안해지고, 더 나은 방향으로 움직일 수 있다면 그것으로 충분하다.

이 작은 리더십의 경험들은 앞으로 내가 어떤 길을 가든 중요한 밑거름이 될 것이다. 사회에 나가서도, 더 큰 무대에서도, 결국 사람을 모으고 신뢰를 쌓는 힘이 가장 강력한 리더십이라는 걸 나는 믿는다.

원칙을 지킨다는 것

아버지가 내게 가장 자주 들려주신 말 중 하나는 "원칙을 지켜라"였다. 어린 시절에는 그 말이 단순히 "거짓말하지 말라"거나 "약속을 어기지 말라"는 정도의 의미로만 다가왔다. 하지만 시간이 흐르면서 나는 아버지의 말 속에 훨씬 더 깊은 뜻이 숨어 있다는 걸 알게 되었다.

아버지는 늘 자신의 경험을 통해 원칙의 중요성을 설명하셨다. IMF 이전의 한국 사회는 암기와 성실이 통했던 시대였다고 한다. 그 시대에는 정해진 규칙을 충실히 따르고, 지침을 그대로 실행하는 것만으로도 경쟁력을 가질 수 있었다. 그러나 지금은 상황이 달라졌다. 세상은 너무 빨리 변하고, 매뉴얼은 금세 낡아버린다. 그래서 아버지는 "원칙이 없는 노력은 방향을 잃은 배와 같다"고 말씀하셨다.

내가 초등학교 시절 친구와의 작은 다툼으로 속 상해했을 때도, 아버지는 "원칙대로 해결 했니?"라고 물으셨다. 그때는 그 말이 무슨 뜻인지 잘 몰랐다. 하지만 시간이 지나며 깨 달았다. 원칙이란 단순히 규칙을 지킨다는 의미가 아니라, 상황이 어떻든 내가 지켜야 하는 기준이라는 것이다. 정직, 성실, 책임감 같은 가치는 누가 보든 안 보든 흔들리지 않아야 한다는 것.

브레인컬러 상담에서도 선생님은 내 성향을 설명하며 "BG 컬러의 가장 큰 힘은 균형과 일관성"이라고 해 주셨다. 어떤 상황에서도 중심을 잃지 않고, 논리와 원칙을 따라가는 태도. 이것 이야말로 내가 가진 강점이라는 것이다. 그 말을 듣는 순간, 아버지가 강조해온 '원칙'의 의미와 연결되며 큰 울림이 되었다.

지금도 나는 학교생활에서 작은 원칙들을 세워 지켜가고 있다. 예를 들어 과제를 할 때는 미루지 않고 마감 하루 전에는 마무리하려 한다. 또 학급 회장으로 있을 때는 어떤 결정이든 먼저 반 전체의 의견을 듣고, 내가 독단적으로 판단하지 않으려 애쓴다. 이런 습관들이 쌓이면서 나도 모르게 책임감이 자라고, 사람들에게 신뢰를 얻게 되었다.

원칙을 지킨다는 건 때로는 불편하고, 손해처럼 보일 때도 있다. 하지만 그 과정에서 나는 내가 어떤 사람인지 증명할 수 있다. 아버지가 말한 원칙은 단순한 규율이 아니라, 나 자신을 지탱하는 뼈대였다. 이제 나는 확신한다. 인생의 길이 아무리 복잡해도, 원칙이라는 나침반만 잃지 않는다면 결국 올바른 방향으로 나아갈 수 있다는 것을.

5
역사와 삶의 거울

역사 속에서 배운 교훈

아버지는 늘 "역사는 거울"이라고 말씀하셨다. 단순히 과거의 기록이 아니라, 현재를 비추고 미래를 준비하게 해주는 거울이라는 것이다. 그래서인지 어릴 때부터 우리 집에는 역사책이 유난히 많았다. 아버지는 주말이면 나를 옆에 앉혀 두고 한국사나 세계사 이야기를 들려주셨다. 그것은 교과서의 연도 암기와는 전혀 다른, 살아 있는 이야기였다.

특히 아버지가 자주 언급하신 것은 6·25전쟁과 IMF 외환 위기였다. "창우야, 6·25전쟁이 없었다면 지금의 한반도는 어떻게 달라졌을까? IMF가 오지 않았다면 대한민국 경제는 어떤 길을 걸었을까?" 이런 질문을 던지시며, 단순한 사건의 결과보다 '왜'와 '어떻게'를 고민하게 하셨다. 처음에는 이런 대화가 어렵게 느껴졌지만, 점차 나는 역사적 사건을 다른 각도에서 바라보는 법을 배웠다.

중학교 시절 역사 시험을 준비하면서도 나는 아버지의 방식을 적용했다. 단순히 왕의 이름이나 전쟁 연도를 외우는 대신, "왜 이 왕은 이런 결정을 내렸을까?", "당시 백성들은 어떤 감정을 느꼈을까?"를 상상하며 공부했다. 그러자 역사가 지루한 과거가 아니라, 오늘의 삶과 연결된 생생한 교훈이 되었다.

브레인컬러 상담을 받았을 때, 선생님도 내 성향이 '분석적이고 구조적인 시선'을 가진 사람이라고 말씀해 주셨다. BG 컬러가 가진 강점이 바로 사건의 인과관계를 꼼꼼히 따지는 힘이라는 것이다. 그래서 나는 역사를 단순한 지식으로 받아들이는 것이 아니라, 원인과 결과를 탐구하는 훈련의 장으로 삼을 수 있었다.

역사를 통해 나는 한 가지 중요한 깨달음을 얻었다. 위기는 언제나 찾아온다. 하지만 그 위기를 어떻게 해석하고 대응하는지에 따라 결과는 전혀 달라진다는 것이다. 6·25전쟁의 폐허 속에서도 한국은 다시 일어섰고, IMF의 혼란 속에서도 새로운 경제 체제를 세웠다. 이것은 단순한 국가 차원의 이야기가 아니라, 나 개인의 삶에도 그대로 적용될 수 있다.

앞으로 내 인생에도 수많은 위기와 도전이 찾아올 것이다. 하지만 역사를 거울 삼아 배운 나는 알고 있다. 어떤 어려움이 닥치더라도, 질문하고 분석하며 원칙을 지켜 나간다면 반드시 새로운 길을 열 수 있다는 것을. 아버지가 들려주신 역사 이야기는 결국 내 삶을 이끄는 또 하나의 나침반이 되었다.

역사 속에서 배우는 시선

아버지는 종종 역사를 이야기하시며 나를 다른 시각으로 이끌어 주셨다.

교과서에서 배우는 연표와 사건 중심의 역사가 아니라, 살아 있는 사람들의 선택과 그 선택이 만들어낸 흐름으로 서의 역사였다. 어느 저녁, 아버지는 내게 질문을 던지셨다. "창우야, 대한민국이 오늘날 이 자리까지 오는 데 가장 중요한 사건은 뭐라고 생각하니?"

나는 잠시 고민하다가 "아마도 산업화 아닐까요?"라고 대답했다. 아버지는 고개를 끄덕이면서도 "좋아, 그런데 그것 만으로는 부족해. 건국, 6·25 전쟁, 그리고 민주화. 이 세 가지는 우리나라의 기초를 만든 거야"라고 말씀하셨다. 그 순간, 나는 역사를 단순히 과거의 기록이 아니라 현재를 비추는 거울로 보게 되었다.

아버지는 또 이렇게 덧붙이셨다. "대한민국은 추격국가에서 선도국가로 가야 해. 지식 수입국에서 지식 생산국으로 바뀌어야 하고, 약소국에서 자유국가로 서야 한다. 역사란 단순히 과거가 아니라, 우리가 미래를 설계할 때 참고해야 할 교과서야." 이 말은 단순한 강의가 아니라 내 가슴 속에 깊이 새겨졌다.

브레인컬러 상담에서도 선생님은 내게 "창우는 상황을 단순히 있는 그대로 받아들이지 않고, 맥락과 배경을 분석하려는 힘이 있어요. 그건 BG 컬러가 가진 강점이에요"라고 말씀해 주셨다. 나는 그 말을 듣고, 아버지가 강조하신 역사관과 내 성향이 맞닿아 있다는 걸 깨 달았다. 단순히 사건을 외우는 것이 아니라, 그 안의 이유와 흐름을 보는 것이 바로 나의 방식이었다.

이런 시선은 학교생활에서도 도움이 되었다. 역사 시험을 준비할 때도 단순히 '언제 무엇이 일어났다'를 암기하는 대신, 사건이 일어난 원인과 결과를 연결하며 공부했다. 친구들은 "너는 왜 굳이 그렇게 복잡하게 생각해?"라고 물었지만, 나는 오히려 그 과정을 통해 기억이 오래가고, 이해가 깊어진다는 걸 알았다.

역사를 바라보는 아버지의 철학은 내 삶의 태도에도 스며들었다. 눈앞의 결과만 보지 않고, 그 결과를 낳은 과정을 살피는 습관. 순간의 선택이 어떤 흐름을 만들 수 있는지 생각하는 태도. 그것이 내가 살아가는 방식이 되었고, 앞으로의 길을 준비하는 데 있어 강력한 무기가 되리라 믿는다.

결국, 역사를 배우는 이유는 단순히 과거를 알기 위해서가 아니다. 미래를 더 나은 방향으로 설계하기 위해서다. 아버지의 말처럼, 역사는 현재의 거울이자 내일의 설계도였다.

6

일상과 성찰

—

내 삶의 작은 실험들

나는 어려서부터 호기심이 많았다. 단순히 교과서 속 지식을 외우는 데 그치지 않고, 그것을 생활 속에서 시험해보고 싶어 했다. 아버지는 늘 "실패해도 괜찮다, 중요한 건 시도하는 거다"라고 말씀하셨다. 그 말은 내게 날개와도 같았다. 덕분에 나는 사소한 것이라도 직접 부딪혀 보고, 결과를 체험하며 배우는 습관을 갖게 되었다.

예를 들어 초등학교 때 과학 시간에 '식물은 빛을 향해 자란다'는 내용을 배운 적이 있다. 대부분의 친구들은 교과서에 나온 그림을 보고 고개를 끄덕였지만, 나는 집에 있는 화분을 창가에서 반대로 돌려 놓고 매일 그 변화를 관찰했다. 며칠이 지나자 식물이 다시 빛 쪽으로 몸을 기울이는 것을 보며, 책 속 문장이 내 눈앞 현실로 다가오는 짜릿함을 느꼈다. 이 경험은 나로 하여금 '아, 세상은 직접 실험하고 확인해야 진짜 내 것이 되는구나'라는 깨달음을 주었다.

중학교에 들어와서는 공부 방법에서도 작은 실험을 했다. 친구들은 대부분 문제집을 처음부터 끝까지 풀어내는 방식으로 공부했지만, 나는 노트를 활용해 개념을 도식 화하는 방법을 시도했다. 어떤 주 제든 표와 화살표, 도형으로 연결하면 머릿속에서 구조가 한눈에 들어왔다. 처음엔 시간이 오래 걸려 답답했지만, 시험 때는 훨씬 수월하게 내용을 떠올릴 수 있었다. 실패처럼 보였던 시도가 결국 내 공부 습관의 장점이 된 것이다.

국제브레인컬러교육협회 대표님 이신 컬러모니카 선생님께 기질과 컬러 성향분석, 브레인 코칭 상담에서도 선생님은 내 성향을 "구조를 만들고 실험을 통해 최적화하려는 타입"이라고 진단해 주셨다. BG의 사고컬러의 특성이 바로 체계화와 검증에 있다는 설명이 딱 내 모습과 맞아떨어졌다. 나는 이 말을 들으며 나의 작은 실험들이 단순한 장난이나 우연이 아니라, 내 본성에서 비롯된 것임을 알게 되었다.

아버지는 이런 내 시도를 기특하게 여겼다. "창우야, 시도는 언제나 가능성을 넓힌다. 설령 실패하더라도 그 경험이 너를 더 단단하게 만든다." 아버지의 이 말은 나를 두려움보다 호기심으로 움직이게 하는 원동력이 되었다.

돌아보면 내 삶은 수많은 작은 실험들의 연속이었다. 그 실험들이 쌓여 오늘의 나를 만들었고, 또 앞으로의 길을 비추는 등불이 되어주고 있다. 나는 아직 청소년에 불과하지만, 이런 습관이 내 인생 전체에서 얼마나 큰 힘이 될지를 이미 느끼고 있다.

브레인 솔루션, 일상 속 작은 실험

브레인컬러 상담을 받은 그날, 집으로 돌아오는 길에 나는 유난히 하늘을 오래 올려다보았다. 상담실에서 들었던 말들이 머릿속에서 메아리처럼 울렸다. "조용한 시간, 관계 속 따뜻한 말, 그리고 반복이 주는 회복. 이 세 가지가 네 삶의 균형을 만들어줄 거야."그 말이 단순한 조언이 아니라, 내가 직접 해봐야 할 실험 과제처럼 느껴졌다.

나는 원래 무언가를 기록하고 정리하는 걸 좋아했다. 그래서 집에 돌아오자마자 서랍 속에서 아직 비어 있는 작은 노트를 꺼냈다. 표지에 굵게 적은 제목은 **"나를 위한 실험일지"**였다. 그리고 첫 장에 이렇게 썼다.

오늘부터 나는 내 삶의 연구자가 된다. 실험 대상은 '나'다.

그 순간, 묘한 설렘이 찾아왔다. 보통 실험이라 하면 과학실에서 흰 가운을 입고 시약을 섞는 모습을 떠올리지만, 나의 실험실은 내 방이고, 실험 도구는 펜과 시간, 그리고 나 자신이었다.

나는 상담에서 들은 솔루션들을 하나하나 실험하기로 했다. 첫 번째 주제는 '조용한 사색의 시간'이었다. 사실 나는 하루 대부분을 공부와 과제, 친구들 과의 대화로 보내며 분주하게 지낸다. 그래서 '아무것도 하지 않고 조용히 생각만 하는 시간'을 따로 떼어낸다는 것이 처음에는 낯설게 느껴졌다. "괜히 시간 낭비 같지는 않을까?"하는 의문도 들었다.

그러나 노트에 기록을 남기겠다고 다짐했기에, 나는 계획대로 행동하기로 했다. 방 안의 불을 조금 낮추고 책상 위에 불필요한 것들을 치워냈다.

휴대폰은 의도적으로 멀리 떨어뜨려 두었다. 그리고 알람을 15분으로 맞추고 눈을 감았다.

처음 몇 분은 솔직히 불편했다. 잡생각이 꼬리를 물고 이어졌고, "지금 이 시간에 영어 단어 하나라도 외우는 게 낫지 않을까?"라는 조급함이 몰려왔다. 그러나 시간을 억지로 견디다 보니 의외의 순간이 찾아왔다. 며칠 전 수업에서 이해되지 않았던 수학 문제의 풀이가 문득 떠오른 것이다. 머릿속이 정리되자 작은 희열이 느껴졌다. "아, 이게 사색의 힘인가?"

그날 저녁, 나는 실험일지에 이렇게 기록했다.

실험 1: 조용한 사색 15분

관찰 : 처음엔 낯설고 불편했으나, 시간이 지나자 복잡했던 생각이 정리되었음.

결론 : 단순한 '멍 때림'이 아니라, 내 머릿속을 청소하는 느낌.

이 작은 기록이 나를 묘하게 뿌듯하게 만들었다. 누군가에게 보여주기 위해서가 아니라, 오직 나 만을 위한 시간과 결과였다.

며칠이 지나자, 사색의 시간은 단순한 실험이 아니라 나의 **일상적 의식(ritual)**으로 자리 잡기 시작했다. 수업 중에 몰랐던 개념이 떠오르기도 했고, 친구와의 대화에서 놓쳤던 부분이 뒤늦게 이해되기도 했다. 하루 중 가장 고요한 이 시간이 오히려 가장 큰 깨달음을 주는 시간이었다.

나는 그제야 선생님의 말이 무엇을 의미하는지 알 수 있었다. 조용한 사색은 나 자신을 다시 세우는 숨 고르기였다. 다른 사람들에겐 사소해 보일지 몰라도, 나에게는 세상 그 어떤 시간보다도 소중한 실험이자 발견이었다.

풍요 속의 겸손, 내가 배운 진리

사람들은 종종 내 어린 시절을 부러워한다. "리조트에서 자라다니, 얼마나 좋았을까?"라는 말을 들을 때마다, 나는 순간 멈칫한다. 분명히 다른 아이들에 비해 풍요로운 환경에서 자란 건 사실이다. 수영장과 찜질방, 눈썰매장이 내 일상의 배경이었고, 명절이나 방학이면 친구들이 우리 집에 놀러 와서 "여긴 놀이동산 같아!"라며 눈을 반짝이곤 했다. 하지만 정작 그 속에 살던 나는, 그것이 특별한 줄 잘 몰랐다.

어린 마음에도 나는 가끔 생각했다. "이 넓은 공간이 내 삶을 대신해줄 수 있을까?"화려한 시설이 나를 특별하게 만들어주는 건 아니었다. 오히려 그 안에서 스스로 중심을 잃지 않는 법을 배워야 했다. 만약 내가 부모님의 가르침 없이 단지 환경만을 의지했다면, 나는 아마 자만하거나 겉모습에만 매달리는 사람이 되었을지도 모른다.

아버지는 늘 내게 말씀하셨다. "창우야, 네가 가진 환경은 단지 무대일 뿐이야. 주인공은 언제나 너 자신이야." 이 말은 내 마음속 깊이 박혀 있다. 그 무대에서 어떤 이야기를 펼쳐 나갈지는 내 선택과 노력이 결정한다는 뜻이었다. 그 가르침 덕분에 나는 풍요 속에서도 겸손을 잃지 않으려 애썼다.

사실 나는 또래보다 더 많은 것을 경험했지만, 동시에 그것이 내겐 더 큰 책임이라는 사실도 느꼈다. "많이 받았으니, 더 잘 살아야 한다"는 다짐 말이다. 그래서 리조트에서 누리는 자유로움 속에서도, 나는 늘 내 자신을 돌아보고 조용히 다짐을 하곤 했다. "나는 이 환경을 어떻게 사용할 것인가? 나를 키우는 도구로 삼을 수 있을까?"

브레인컬러 상담을 받았을 때, 선생님은 내 안에 있는 BG 컬러의 성향을 이렇게 설명해 주셨다. "창우는 조용하지만, 중심이 단단한 친구예요. 환경에 흔들리지 않고, 오히려 그 환경을 정리하며 자기만의 길을 만들 수 있어요." 그 말을 들었을 때, 나는 고개를 끄덕일 수밖에 없었다. 바로 그것이 내가 풍요 속에서 배운 가장 큰 진리였기 때문이다.

겸손은 단순히 고개를 숙이는 태도가 아니었다. 내가 가진 것을 자랑하지 않고, 그것을 어떻게 쓰는가에 집중하는 힘이었다. 화려함은 언젠가 사라지지만, 그 속에서 배우는 태도는 평생 남는다. 나는 지금도 내 삶을 그렇게 바라보고 싶다. 환경이 나를 대신하지 않는다는 것, 그리고 결국 중요한 건 내 안의 중심이라는 것. 이것이 내가 어린 시절부터 배운 가장 값진 교훈이다.

학급회장으로 배운 리더십

내가 학급회장이 된 것은 단순한 우연이 아니었다. 친구들이 내 성격을 잘 알았기 때문이라고 생각한다. 나는 크게 나서서 소리를 지르는 타입은 아니었지만, 누군가가 갈등을 풀어야 할 때, 문제를 정리해야 할 때 자연스럽게 앞에 나서는 편이었다. 그래서인지 반 친구들은 나를 믿고 회장으로 뽑아주었다.

학급회장이 된 첫날, 나는 기대와 두려움이 동시에 밀려왔다. "내가 잘할 수 있을까? 혹시 친구들이 실망하면 어쩌지?"라는 불안이 있었지만, 아버지가 늘 하시던 말씀이 떠올랐다. "리더는 완벽한 사람이 아니라, 방향을 잡아주는 사람이야." 그 말에 용기를 내어 첫발을 내딛을 수 있었다.

처음 맡은 일은 체육대회 준비였다. 반마다 열정이 넘쳤지만 의견이 워낙 달라서 쉽게 합의가 이루어지지 않았다. 어떤 친구는 축구를 하고 싶다고 했고, 또 다른 친구는 계주에 집중하자고 주장했다. 그때 나는 단순히 다수

결로 결정을 내리는 대신, 모두의 의견을 적어가며 하나하나 비교했다. 그리고 이렇게 말했다. "우리 반이 원하는 건 승리도 중요하지만, 모두가 즐겁게 참여하는 거잖아. 그러면 축구와 계주, 둘 다 잘 준비해보는 건 어때?"

친구들의 얼굴에서 미소가 번졌고, 의견 충돌은 조금씩 사라졌다. 준비 과정은 힘들었지만, 결국 체육대회 날 우리 반은 응원상까지 받으며 좋은 성과를 거두었다. 무엇보다도 친구들끼리 서로 도우며 만들어낸 성취였기에 더욱 값졌다.

브레인컬러 상담에서 선생님은 내게 이렇게 말씀하셨다. "창우는 BG 컬러의 차분함과 Yg 컬러의 관계 감수성을 동시에 갖고 있어요. 그래서 자연스럽게 중재자의 역할을 하게 되고, 사람들을 하나로 묶는 힘이 있죠." 그 말은 내가 학급회장으로서 어떤 모습이었는지를 정확히 설명해 주는 것 같았다. 나는 리더라는 자리가 단순히 지휘하는 역할이 아니라, 모두가 자기 자리를 지킬 수 있도록 돕는 자리라는 걸 배웠다.

학급회장 경험은 내게 책임감을 심어주었다. 아침 조회 때 교실 분위기를 정리하는 것에서부터, 수업이 끝난 뒤 친구들의 의견을 모아 선생님께 전달하는 일까지. 작은 일 하나에도 신뢰가 필요하다는 걸 알게 되었다. 친구들이 나를 믿고 따라와 준 덕분에 나는 리더십의 본질을 조금은 이해하게 되었다.

리더십은 화려한 스포트라이트가 아니라, 보이지 않는 곳에서 무게를 지탱하는 힘이라는 것. 그리고 그 무게를 기꺼이 짊어지는 용기가 있어야 한다는 것. 그것이 내가 학급회장으로서 배운 가장 큰 교훈이었다.

갈등과 화해의 순간들

학급회장으로 지내면서 가장 큰 고민은 언제나 '갈등'이었다. 친구들이라는 이름 아래 모여 있지만, 서로의 성격과 생각이 다르다 보니 부딪히는 일이 잦았다. 특히 사소한 오해가 쌓이면 작은 불씨가 큰 불로 번졌다. 그럴 때마다 나는 중간에서 갈등을 풀어야 하는 입장이 되었고, 그 과정에서 많은 것을 배웠다.

한 번은 체육 시간에 농구 경기를 하던 중 파울 문제로 두 친구가 심하게 다툰 적이 있었다. 처음에는 단순한 경기 규칙에 대한 의견 차이였지만, 서로의 말투와 태도가 자존심을 건드리면서 상황이 악화됐다. 결국 두 사람은 서로 등을 돌리고 며칠 동안 대화를 하지 않았다. 나는 그 모습을 보며 마음이 무거웠다. 단순히 "화해해"라고 말한다고 해서 쉽게 풀릴 문제가 아니라는 것을 알고 있었기 때문이다.

나는 두 친구와 각각 따로 대화를 나누었다. 먼저 한 친구에게는 "네가 억울했던 마음을 충분히 이해해. 하지만 네가 내뱉은 말이 상대방에게는 큰 상처가 되었을 수도 있어"라고 말했다. 또 다른 친구에게는 "네가 화가 난 것도 알지만, 조금 더 차분히 표현했더라면 상황이 이렇게까지 커지진 않았을 거야"라고 조심스레 전했다. 두 사람의 감정을 모두 인정해 주는 것이 첫걸음이라고 생각했다.

며칠 뒤, 나는 점심시간에 두 친구를 교실 한쪽으로 불러 함께 앉았다. 그리고 이렇게 말했다. "우리 반은 한 팀이야. 농구에서 파울 하나가 중요할 수 있지만, 그보다 더 중요한 건 우리가 함께 웃을 수 있다는 거야. 너희 둘이 없으면 반이 완전하지 않아." 내 말이 끝나자 두 친구는 한동안 침묵했다. 그러다 한 친구가 작은 목소리로 "미안하다"라고 말했다. 다른 친구도 고개를 끄덕이며 "나도"라고 대답했다. 그 순간 교실 안의 공기가 조금씩 풀리는 것을 느낄 수 있었다.

이 경험은 내게 화해의 힘이 얼마나 큰지를 알려주었다. 갈등은 언제든 생길 수 있다. 중요한 건 그 갈등을 어떻게 다루느냐 이다. 억지로 누르는 것도, 방치하는 것도 답이 되지 않는다. 서로의 감정을 인정하고, 이해하고, 끝내는 용기를 내어 손을 내미는 것. 그것이 진정한 화해라는 사실을 배웠다.

브레인컬러 상담에서 선생님은 내 성향을 "조율 자"라고 설명하셨다. BG 컬러의 차분함과 Yg 컬러의 감수성이 어우러져, 나는 자연스럽게 갈등의 중심에서 균형을 잡으려 한다는 것이다. 그 말은 내가 겪어온 경험과 정확히 맞아떨어졌다. 갈등 상황이 올 때, 나는 본능적으로 양쪽의 목소리를 들고 균형점을 찾으려 한다. 그 과정이 때로는 힘들지만, 결국은 나를 성장시키는 소중한 훈련이 되었다.

돌이켜보면, 갈등은 나를 괴롭히는 장애물이 아니라 내 성장을 돕는 교과서였다. 화해의 순간마다 나는 더 깊은 이해와 더 큰 책임감을 배웠다. 그리고 그 경험들은 지금의 나를 만들었다.

리더십이 남긴 흔적

학급회장을 맡으면서 나는 '리더십'이란 단어를 피부로 느끼게 되었다. 처음에는 그저 반장을 잘하면 된다고 생각했다. 하지만 시간이 지나면서 리더십은 단순히 앞에서 지시하는 것이 아니라, 뒤에서 모두를 살피고 함께 가는 힘이라는 것을 알게 되었다.

예를 들어, 운동회 준비를 하던 어느 날이 기억난다. 반 전체가 참여해야 하는 응원 연습이었는데, 몇몇 친구들이 참여하지 않고 대충 하는 바람에 전체 분위기가 가라앉았다. 나는 속으로 '어떻게 해야 하지?' 고민하다가 단순히 "열심히 해"라고 말하는 대신, 먼저 앞에 서서 동작을 크게 해보였다. 그리고 틈틈이 쉬는 시간에 친구들에게 "네가 해주면 진짜 분위기가 달라질 거야"라며 하나씩 부탁했다. 그렇게 조금씩 마음을 움직여서 결국 모두가 함께 호흡을 맞출 수 있었다. 그때 나는 깨 달았다. 리더십은 강요가 아니라, 함께하고 싶은 마음을 이끌어내는 과정이라는 것을.

또 한 번은 학급 청소구역을 두고 다툼이 생겼다. 힘든 구역을 맡기 싫어하는 친구들이 많아, 누구도 선뜻 나서지 않았다. 그때 나는 직접 가장 힘든 구역을 맡으며 "내가 여기 할 테니까, 다른 구역은 네가 해 줄래?"라고 제안했다. 그러자 친구들도 하나 둘 마음을 열고 역할을 나눠갔다. 작은 행동이지만, 리더로서 먼저 손을 내밀 때 분위기는 달라진다는 사실을 그 경험을 통해 배웠다.

브레인컬러 상담에서 선생님은 나의 BG 컬러가 주는 차분함이 리더십에도 그대로 드러난다고 말씀해 주셨다. 감정적으로 휘둘리지 않고 상황을 정리하며, 상대방이 스스로 선택하게 만드는 힘. 그것이 내가 가진 리더십의 색깔이라는 것이다. 나는 그 말에 크게 공감했다. 나의 리더십은 강렬하거나 화려하지 않지만, 조용히 무게 중심을 잡아주는 힘으로 작용한다.

돌이켜보면, 리더십은 내게 상을 주거나 칭찬을 받기 위한 자리가 아니었다. 오히려 더 많은 책임을 지고, 때로는 누구보다 먼저 양보해야 하는 자리였다. 하지만 그 과정에서 배운 책임감과 배려, 그리고 조율의 힘은 내 인생의 자산이 되었다. 앞으로 어떤 길을 가든 이 경험은 나를 지탱해주는 든든한 기둥이 될 것임을 나는 확신한다.

내가 배운 진짜 용기

나는 한동안 용기라는 단어를 단순히 '두려움이 없는 것'이라고 생각했다. 하지만 학창 시절 여러 경험을 통해, 진짜 용기는 두려움이 있더라도 그 속에서 한 발 내딛는 힘이라는 사실을 배웠다.

중학교 2학년 때, 반 전체 앞에서 발표를 해야 하는 날이 있었다. 나는 준비를 했음에도 불구하고 심장이 두근거리고 목이 바짝 마르는 걸 느꼈다. 머릿속은 하얘졌고, '실수하면 어쩌지?'라는 생각이 계속 맴돌았다. 그러나 결국 마이크를 잡고 첫 문장을 내 뱉었다. 신기하게도 목소리가 떨렸지만, 친구들의 시선 속에서 나는 끝까지 이야기를 마칠 수 있었다. 발표가 끝난 뒤 들려온 박수 소리는 내게 "두려움 속에서도 해낼 수 있다"는 자신감을 심어주었다.

다른 경험도 있다. 운동장에서 축구를 하던 중 친구들 사이에서 언성이 높아졌고, 작은 다툼으로 이어졌다. 평소 같으면 나는 그 상황을 피했을지도 모른다. 하지만 그날은 그냥 넘어가고 싶지 않았다. 나는 조심스럽게 다가가 "지금 화내는 것도 이해돼, 하지만 우리가 이길 수 있으려면 지금은 서로 힘을 모아야 해"라고 말했다. 순간 모두가 나를 바라봤고, 그제야 친구들의 화가 조금씩 누그러졌다. 그 일로 나는 '용기'란 반드시 큰 행동이나 위대한 결단만을 뜻하는 것이 아니라, 갈등의 순간에 먼저 손 내밀 수 있는 작은 행동에서도 드러난다는 걸 깨달았다.

브레인컬러 상담에서 선생님은 내 안의 Yg 컬러가 관계에서 따뜻한 연결을 가능하게 한다고 말씀하셨다. 바로 그 성향 덕분에 나는 두려움 속에서도 타인을 배려하며 용기를 낼 수 있었던 것 같다. 내겐 무모한 용기보다는, 관계를 지키고 균형을 맞추려는 조율자의 용기가 더 자연스러웠다.

이제 나는 용기를 새롭게 정의한다. 진짜 용기 란, 두려움이 없는 상태가 아니라 두려움과 함께 걸어가는 힘이다. 그리고 그 힘은 나 자신을 넘어, 주변 사람들의 마음까지 바꾸어 놓을 수 있다. 앞으로 어떤 길을 걷든, 나는 이 작은 용기들을 모아 더 큰 도전을 해낼 수 있을 것이라 믿는다.

나만의 공부 법, 나만의 리듬

나는 누구보다도 조용히, 그러나 꾸준히 공부하는 스타일이다. 공부를 잘하는 친구들을 보면 그 들만의 화려한 비법이 있을 것 같지만, 나에겐 그런 비밀은 없다. 대신 나만의 작은 습관과 리듬이 쌓여 지금의 나를 만들었다.

가장 기본은 정리다. 수업 시간에 필기를 하면, 집에 와서 반드시 다시 옮겨 적거나 도식으로 정리한다. 그냥 노트를 예쁘게 꾸미는 것이 아니라, 머릿속 흐름을 다시 세우는 작업이다. 이 과정을 통해 기억이 오래 남는다. 어떤 날은 작은 화이트보드에 주요 개념을 적고 스스로 설명하는 식으로 복습하기도 한다. 마치 내가 선생님이 된 것처럼 가르치다 보면, 부족한 부분이 드러나고 보완할 수 있었다.

또 하나의 공부법은 반복이다. 나는 새로운 문제를 풀 때보다 이미 풀어본 문제를 다시 푸는 데서 더 큰 확신을 얻는다. 같은 문제를 풀어도 매번 다른 시선이 생기고, 조금 더 빠르고 정확하게 풀 수 있다. 반복은 지루하지만, 나를 단단하게 만드는 힘이다.

특히 중요한 건 리듬이다. 나는 새벽보다는 밤에 더 집중이 잘 된다. 그래서 시험 기간에는 집이 조용해지는 밤 시간을 활용해 공부한다. 대신 아침에는 머리가 무겁지 않도록 간단한 스트레칭을 하고, 산책하며 하루를 연다. 그렇게 하루의 리듬을 맞추는 것이 공부 효율을 높여준다.

브레인컬러 상담에서 선생님은 내게 "BG 컬러는 안정과 균형을 좋아한다"고 말씀해 주셨다. 그래서인지 나는 무리해서 벼락치기를 하기보다, 차분히 쌓아가는 공부법이 잘 맞았다. 계획을 세우고 그 안에서 꾸준히 반복하는 것, 바로 그것이 내 리듬이다.

나는 아직 완벽한 공부법을 찾은 것은 아니다. 하지만 중요한 건 남과 비교하기보다 내 속도에 맞는 방식을 찾는 일이라고 생각한다. 이 작은 습관들이 모여, 결국 나만의 공부법이 된다. 그리고 그것은 단순히 성적을 올리는 방법이 아니라, 삶을 대하는 태도 이기도 하다.

나를 지켜주는 루틴

공부 만큼이나 내 삶에서 중요한 건 루틴이다. 누군가에게는 단순한 습관일지 몰라도, 나에겐 나를 지켜주는 울타리이자 무기다. 하루가 어떻게 흘러가든, 작은 루틴이 있으면 마음이 흔들리지 않고 중심을 잡을 수 있다.

내가 가장 소중하게 여기는 루틴 중 하나는 기록이다. 잠들기 전에 오늘 가장 집중했던 일 세 가지를 적는 것이다. 짧은 문장이 로라도 "오늘은 수학 문제집 3단원 마무리", "친구와 오해를 풀었다", "체육 시간에 끝까지 뛰었다" 같은 기록을 남긴다. 사소해 보여도 이렇게 하루를 돌아보면 스스로를 칭찬할 수 있고, 다음 날을 준비할 힘이 생긴다.

또 다른 루틴은 조용한 시간을 확보하는 것이다. 아무도 방해하지 않는 10분 동안 책상에 앉아 생각을 정리하거나, 창밖 하늘을 바라보는 시간. 이 짧은 순간이 하루를 버티게 해준다. 특히 마음이 복잡할 때면 노트를 꺼내 낙서를 하듯 글을 쓰는데, 쓰고 나면 머릿속이 한결 맑아진다.

그리고 내 삶의 루틴에는 음악과 자연이 빠질 수 없다. 공부하다 집중이 흐트러지면 로파이 음악을 틀거나, 베란다에 나가 바람을 맞는다. 짧은 스트레칭과 함께 하는 이 순간은 내 뇌와 감정을 동시에 회복시켜 준다. 작은 것 같지만 이 습관 덕분에 다시 책상에 앉을 수 있는 힘이 생긴다.

브레인컬러 상담에서 선생님은 내 BG 컬러가 반복과 안정 속에서 힘을 얻는다고 말씀하셨다. 그래서 루틴이 내게 꼭 맞는 도구라는 걸 알게 되었다. 하루가 엉망으로 꼬이는 날에도 루틴만은 지킨다. 그것이 내가 다시 제자리로 돌아오게 만드는 '리셋 버튼' 같은 역할을 하기 때문이다.

나는 이제 안다. 루틴은 단순히 시간을 관리하는 도구가 아니라, 나 자신을 지키는 약속이라는 것을. 이 약속을 지켜 나가며 나는 조금씩 단단해지고 있다. 언젠가 더 큰 도전을 맞이하더라도, 루틴이 나를 버티게 해줄 것이라 믿는다.

불안과 마주한 경험들

누구에게나 불안은 찾아온다. 겉으로는 담담해 보여도, 나 역시 마음속에 작은 파도가 일렁일 때가 많다. 시험을 앞두고 있을 때, 혹은 친구들과 잠시 거리를 느낄 때, 또 때로는 스스로 세운 목표에 미치지 못했다고 느낄 때. 그 순간 불안은 그림자처럼 내 곁에 붙어 있다.

중학교 시절 첫 중간고사를 앞두고 잠이 오지 않았던 기억이 난다. 책상 위에는 정리되지 않은 노트와 풀다 만 문제집이 산더미처럼 쌓여 있었고, 마음속에서는 "혹시 내가 다 망치면 어떡하지?"라는 목소리가 끊임없이 들려왔다. 평소 조용하고 차분하다는 말을 듣던 나였지만, 그때만큼은 마음속에서 쿵쿵거리는 두려움을 감추기 어려웠다.

그때 아버지께서 하신 말씀이 떠올랐다. "불안은 도망칠 대상이 아니라 품어야 할 손님이다. 불안이 찾아왔다는 건 네가 그만큼 진지하게 임하고 있다는 증거다." 그 말을 되새기며, 나는 불안이 나를 흔드는 존재가 아니라 오히려 나를 더 단단하게 만드는 자극제일 수 있다는 생각을 하게 되었다.

브레인컬러 상담에서도 선생님은 내 BG 컬러의 특성을 짚어주셨다. 계획이 어긋나거나 기준에 맞지 않으면 불안을 느끼는 대신, 차분히 다시 정리하는 습관이 도움이 된다고 하셨다. 그래서 나는 시험 전날이면 일부러 새로운 문제집을 펼치지 않는다. 대신 이미 풀어둔 문제를 다시 확인하거나, 노트에 오늘 할 수 있는 분량만 체크한다. 불안을 통제하는 것이 아니라, 불안과 함께 걸어가는 방식이다.

또한 Yg 컬러가 주는 감수성 덕분에, 불안을 혼자만의 싸움으로 남기지 않고 누군가와 나누는 법도 배웠다. 친구에게 "나 너무 긴장돼"라고 솔직하게 말하면, "나도 그래"라는 대답이 돌아온다. 그 짧은 대화가 마음을 훨씬 가볍게 만든다.

이제 나는 안다. 불안은 나를 무너뜨리는 존재가 아니라, 내가 성장하고 있다는 신호라는 것을. 불안 속에서 도망치는 대신, 그것을 기록하고, 정리하고, 때로는 누군가와 나누며 나는 조금씩 앞으로 나아간다. 그리고 언젠 가 더 큰 도전을 만났을 때, 나는 그 불안조차도 껴안고 한 걸음 더 내디딜 수 있으리라 믿는다.

감정 조율과 성장의 순간들

나는 늘 "조율자"라는 말을 듣곤 했다. 어린 시절부터 친구들 사이에서 다툼이 생기면 자연스럽게 내가 중간에 끼어 있었다. 처음에는 그 역할이 부담스럽기도 했다. 왜 꼭 내가 나서야 할까? 왜 내가 말려야 하는 걸까? 억울하다는 생각도 했다. 하지만 시간이 흐르면서, 그 경험들이 나를 조금씩 성장시켜 주고 있었다는 걸 깨닫게 되었다.

중학교 2학년 때, 체육대회 연습을 하던 도중 친구들 사이에서 큰 말다툼 이 일어난 적이 있었다. "네가 제대로 안 해서 진 거야!"라는 말과 "너나 잘 해!"라는 말이 오가며 분위기는 금방 험악 해졌다. 모두가 서로 눈치를 보 고 있을 때, 나는 한쪽에서 그 상황을 지켜보고 있었다. 마음속에서는 '아, 이거 어떻게 해야 하지?'라는 생각이 들었지만, 결국 나는 용기를 내어 앞 으로 나섰다.

"애들아, 지금 우리 싸우려고 모인 거 아니 잖아. 우승 못 하면 아쉽긴 하지만, 같이 준비한 시간이 더 중요한 거 아니야?" 그 말을 꺼내는 순간, 몇 몇 친구들의 표정이 조금 누그러졌다. 나는 이어서 한 명씩 말을 들어주고, 오해가 된 부분을 정리해 주었다. 시간이 지나면서 분위기는 다시 차분해 졌고, 결국 우리는 다시 연습을 이어갈 수 있었다. 그때 느낀 성취감은 단순 히 갈등이 사라진 데서 오는 것이 아니었다. 서로가 조금 더 가까워졌다는 감각, 그리고 나 스스로가 누군가에게 도움이 될 수 있다는 확신이 내 마음 을 뜨겁게 만들었다.

브레인컬러 상담에서 선생님은 내 BG 컬러와 Yg 컬러의 조합이 바로 이 런 상황에서 발휘된다고 설명해 주셨다. BG의 균형 잡힌 사고와 Yg의 따 뜻한 감수성이 어우러져, 감정을 극단으로 몰아가지 않고 자연스럽게 풀어 낼 수 있다는 것이다. 그 말을 듣고 나니, 내가 왜 자꾸 이런 상황에서 조율 자가 되는지 이해할 수 있었다.

이후로 나는 갈등이 일어날 때마다 '이건 내가 성장할 기회일지도 몰라' 라고 스스로에게 말하곤 한다. 물론 모든 상황이 순조롭게 풀리는 건 아니 다. 때로는 내가 개입해도 갈등이 쉽게 해결되지 않는 경우도 있다. 하지만 중요한 건 결과가 아니라 과정이다. 나는 그 과정 속에서 상대방의 말을 끝 까지 들어주고, 감정을 존중하며, 서로의 입장을 이해하려는 태도를 배우 고 있다.

이제는 안다. 감정을 조율한다는 것은 단순히 싸움을 멈추게 하는 게 아니라, 서로의 다름을 존중하며 함께 앞으로 나아가는 힘을 만드는 일이라는 것을. 그 배움은 앞으로의 삶에서도 나를 단단하게 지켜줄 소중한 자산이 될 것이다.

다름을 인정하는 용기

나는 어릴 때부터 눈에 잘 띄지 않는 아이였다. 조용히 관찰하고, 내 속도로 움직이는 성향 덕분에 사람들은 나를 "무뚝뚝하다"거나 "표정이 없다"라고 평가하기도 했다. 하지만 사실 나는 누구보다 주변을 세심하게 보고, 듣고, 느끼고 있었다. 다만 그것을 쉽게 표현하지 않았을 뿐이다.

친구들과 지내다 보면, 나와 다른 방식으로 생각하고 행동하는 사람들을 많이 만난다. 예를 들어 어떤 친구는 항상 앞장서서 떠들고 분위기를 이끌지만, 나는 그저 옆에서 그 상황을 지켜보며 마음속으로 웃곤 했다. 예전 같았으면 '나는 왜 저렇게 못하지?'라는 비교 속에 스스로를 작게 느꼈을 것이다. 하지만 지금은 생각이 다르다. 나와 다른 방식이 반드시 틀린 것이 아니라는 사실을 깨달았기 때문이다.

한 번은 체육대회 준비 과정에서 성격이 정반대인 두 친구와 함께 일을 해야 했다. 한 명은 무조건 빨리 빨리를 외치며 일을 밀어붙였고, 다른 한 명은 꼼꼼히 확인하느라 속도가 더뎠다. 그 사이에서 나는 둘의 말에 귀 기울이며 중간 지점을 찾으려 했다. 결국 우리는 각자의 강점을 살려 역할을 나누었고, 팀워크가 맞아떨어졌을 때의 뿌듯함은 말로 표현하기 어려웠다.

브레인컬러 상담에서 선생님은 내 Yg 컬러가 관계 속 따뜻함과 공감을 주고, BG 컬러가 상황을 균형 있게 바라보는 힘을 준다고 말씀해 주셨다. 그 설명을 듣고 나니, 내가 왜 자꾸 사람들 사이에서 다름을 인정하려 애 쓰는지 이해할 수 있었다. 다름은 갈등의 원인이 아니라, 함께 라서 완성될 수 있는 하나의 퍼즐 조각 같은 것이었다.

물론 다름을 인정하는 것이 언제나 쉬운 일은 아니다. 때로는 상대의 말에 상처받고, 나도 모르게 벽을 세우고 싶은 순간이 있다. 하지만 그럴 때마다 나는 스스로에게 되묻는다. "내가 바라보는 이 다름은, 나를 더 크게 성장시키기 위한 기회가 아닐까?" 그렇게 생각하면, 조금은 더 열린 마음으로 상대를 바라볼 수 있다.

나는 이제 안다. 다름을 인정하는 용기는 결국 나 자신을 넓히는 힘이라는 것을. 그리고 그 힘은 앞으로 내가 살아갈 인생에서, 수많은 만남과 도전 속에서 가장 소중한 자산이 될 것임을 믿는다.

신뢰가 쌓이는 순간들

내가 살아오면서 가장 소중하다고 느낀 가치는 '신뢰'였다. 신뢰는 한순간에 얻어지지 않는다. 오랜 시간 작은 행동들이 쌓이고, 서로의 마음이 조금씩 열리면서 야 비로소 만들어진다.

중학교 시절, 한 친구와의 기억이 떠오른다. 그는 처음에는 나를 잘 믿지 않았다. 말수가 적고 조용한 내 성격 때문에, 무슨 생각을 하는지 알 수 없다며 거리를 두었다. 하지만 나는 억지로 다가가려 하지 않았다. 대신 꾸준히 같은 자리에서 묵묵히 내 역할을 했다. 단체 활동에서 맡은 일을 성실하게 해내고, 그가 힘들어할 때 옆에서 조용히 들어주었다. 어느 날 그가 나를 향해 "너는 말은 많이 안 해도, 믿음이 가"라고 말했을 때, 나는 마음이 벅차 올랐다. 그 한마디가 내가 어떤 사람으로 보이는지를 확인시켜 준 순간이었다.

브레인컬러 상담에서 선생님은 내 BG 컬러가 주는 가장 큰 힘중 하나가 '신뢰감'이라고 했다. 즉흥적이지 않고, 꾸준히 이어가는 힘. 그것이 주변 사람들에게 안정감을 준다고 하셨다. 그 이야기를 듣는 순간, 내가 왜 관계 속에서 '버팀목' 같은 존재가 되려고 애 쓰는지 이해할 수 있었다.

신뢰는 크고 거창한 행동에서 생기지 않는다. 약속을 지키는 작은 습관, 끝까지 책임지는 태도, 상대방의 말을 귀 기울여 들어주는 정성. 그런 것들이 모여 신뢰라는 보석이 된다. 나는 앞으로도 사람들 과의 관계 속에서 이 보석을 더 단단히 다듬어 가고 싶다. 언젠가 사회에 나가서도, 나를 떠올렸을 때 '믿을 수 있는 사람'이라는 말이 가장 먼저 나오기를 소망한다.

감사라는 또 다른 이름의 힘

감사라는 단어는 너무 흔해서 때로는 그 무게를 잊곤 한다. 하지만 내 삶 속에서 '감사'는 단순한 예의 표현을 넘어, 마음의 방향을 바꿔 주는 중요한 힘이 되어 주었다.

어릴 적 나는 부모님이 해주시는 것들을 너무도 당연하게 여겼다. 리조트에서 지내며 누렸던 넓은 공간, 친구들이 부러워하던 환경, 언제나 내 곁을 지켜주던 아버지와 어머니의 시간들. 당시에는 그것이 특별한 축복이라는 것을 알지 못했다. "고마워요"라는 말은 했지만, 진심을 다 담지 못한 경우가 많았다.

그런데 중학생이 되면서 작은 사건들이 내 시선을 바꿔 주었다. 시험에서 좋은 성적을 받았을 때, 나 혼자 노력한 결과라고 생각했지만 사실은 부모님이 옆에서 묵묵히 지켜봐 주시고, 힘든 순간마다 포기하지 않도록 잡아 주셨기 때문이라는 걸 깨달았다. 또 친구들과 갈등을 겪은 후 화해할 수 있었던 것도, 내 옆에서 이야기를 들어주고 균형을 잡아주는 누군가가 있었기 때문이었다. 그 순간 '감사'는 단순한 예의가 아니라 관계를 이어주는 다리라는 걸 알게 되었다.

아버지는 종종 이렇게 말씀하셨다. "창우야, 가진 것이 많다고 교만해지면 안 되고, 가진 것이 적다고 불평해서도 안 된다 감사하는 마음을 가진 사람은 언제 어디서든 빛날 수 있다." 그 말은 내 안에 오래 남아, 내가 힘들 때마다 다시 꺼내 읽는 마음의 지침이 되었다.

브레인컬러 상담에서도 나는 Yg 컬러의 감수성이 있다는 이야기를 들었다. 작은 말 한마디, 사소한 행동에도 마음이 흔들릴 수 있고, 동시에 누군가의 따뜻한 인사나 격려가 큰 힘이 된다는 것이다. 그 분석을 들으며 '감사'가 내 삶에 왜 중요한지 더 깊이 이해할 수 있었다. 감사는 단순히 받는 것이 아니라, 내가 먼저 건네야 관계가 살아난다는 것을 배웠다.

그래서 요즘 나는 하루를 마무리하며 '오늘 내가 감사할 일 세 가지'를 적는 습관을 들였다. 어떤 날은 친구의 웃음이, 또 어떤 날은 수업 시간에 집중이 잘 된 것이 그 목록에 오른다. 사소한 일 같지만, 그 작은 기록들이 모여 나를 더 단단하게 만든다.

감사라는 또 다른 이름은 '힘'이다. 세상을 대하는 나의 태도를 바꾸고, 관계를 따뜻하게 이어 주며, 스스로를 겸손하게 만든다. 나는 이제야 알았다. 내가 가진 모든 것의 바탕에는 늘 감사가 있었다는 사실을.

용기의 또 다른 얼굴

　용기라고 하면 흔히 거대한 도전이나 위험한 상황에 맞서는 모습을 떠올린다. 하지만 내 삶 속에서 용기는 훨씬 더 사소한 순간들 속에서 드러나곤 했다. 발표 시간에 떨리는 목소리를 꾹 눌러 잡고 교실 앞에 서는 것, 친구에게 먼저 다가가 화해의 손길을 내미는 것, 낯선 환경에서도 스스로를 믿고 행동하는 것. 이런 작은 선택들이 모여 내 안의 용기를 키워왔다.

　특히 학급회장을 맡았을 때의 기억이 생생하다. 반 친구들이 서로 의견이 맞지 않아 분위기가 냉랭했던 순간, 나 역시 무서웠다. 괜히 한쪽 편을 드는 것처럼 보일까 두려웠고, 모두의 시선을 받는 게 부담스러웠다. 하지만 그때 나는 마음속으로 이렇게 되뇌었다.

"누군가는 말해야 한다. 그게 지금 나라면, 해보자." 그 순간의 용기는 완벽한 해결책을 내놓는 용기가 아니라, 단지 한 걸음을 내딛는 용기였다. 그리고 놀랍게도 그 작은 한 걸음이 상황을 바꾸었다. 대화가 다시 시작되었고, 서로의 오해가 조금씩 풀려갔다.

아버지도 늘 말씀하셨다. "창우야, 진짜 용기는 두려움이 없는 게 아니다. 두려움을 품고서도 앞으로 나아가는 거다." 그 말은 내게 큰 울림이 되었고, 이후로 나는 두려움을 느낄 때마다 그 말을 떠올리며 나아갈 수 있었다.

브레인컬러 상담에서 들었던 코칭 메시지 또한 같은 맥락이었다. 내 안의 BG 컬러는 신중하고 균형을 중시하지만, 그 속에 숨어 있는 용기를 꺼내는 것이 중요하다고 했다. 조용하고 차분한 내가 필요할 때는 강하게 나설 수 있다는 것을 잊지 말라고. 그 말은 내가 가진 용기의 얼굴을 새롭게 발견하게 해주었다.

이제 나는 안다. 용기는 단순히 큰일을 해내는 힘이 아니라, 일상의 작은 선택에서 비롯된다는 것을. 그리고 그 작은 용기가 쌓여 내 삶의 방향을 바꾼다는 것을. 용기의 얼굴은 여러 가지지만, 그 모든 모습은 결국 나를 더 나은 사람으로 성장시키는 길이었다.

다툼 속에서 배운 진짜 리더십

리더십은 교과서 속 정의처럼 멋지고 반짝이는 것만은 아니었다. 내가 경험한 리더십은 오히려 갈등과 다툼 속에서 시험대에 올랐다. 학급회장을 맡았을 때, 반 아이들이 크게 다툰 일이 있었다. 누가 잘했는지 잘못했는지

보다는 감정이 앞서 있었고, 분위기는 곧장 두 갈래로 나뉘었다. 나는 그 한 가운데 서 있었다.

솔직히 말하면, 그 순간이 두려웠다. 누구의 편을 들어야 할지도, 어떻게 말을 꺼내야 할지도 몰랐다. 하지만 내 안에서 '리더라면 피하지 말아야 한다'는 목소리가 들려왔다. 그래서 나는 아이들을 교실에 앉혀두고 조용히 말했다. "우리가 한 반으로 있는 이유는 싸우기 위해서가 아니라 같이 배우고 성장하기 위해서야. 지금은 서로 다르게 생각할 수 있지만, 그 차이를 이해하려는 노력이 필요하지 않을까?"

말이 끝나자 처음에는 어색한 침묵이 흘렀다. 그러나 시간이 지나면서 조금씩 고개를 끄덕이는 친구들이 생겼다. 결국 서로의 이야기를 직접 나누는 자리가 마련되었고, 갈등은 완전히 사라지진 않았지만 한 걸음은 나아갈 수 있었다.

그 경험을 통해 나는 리더십이란 '정답을 주는 힘'이 아니라 '대화를 시작하게 하는 용기'라는 걸 배웠다. 브레인컬러 상담에서 선생님이 내게 강조하셨던 부분과도 일맥상통했다. BG 컬러가 가진 균형의 힘은 갈등 속에서 더욱 빛을 발한다는 것. 감정에 치우치지 않고 양쪽을 바라볼 수 있는 눈, 그리고 상대의 말을 끝까지 들어주는 태도가 결국 리더의 자질이 된다는 것이다.

아버지께서도 이런 말씀을 하신 적이 있다. "창우야, 리더는 모두를 만족시킬 수 없어. 하지만 모두가 신뢰할 수 있는 사람은 될 수 있다." 그때는 그 말이 어렵게 느껴졌지만, 지금은 조금 이해할 수 있다. 리더십은 누군가를 이기는 힘이 아니라, 모두가 함께 설 수 있도록 다리를 놓는 힘이었다.

나는 아직 미숙한 학생일 뿐이지만, 작은 갈등 속에서도 그 힘을 연습하고 있다. 그리고 언젠가 더 큰 무대에서도, 이 배움이 내 발걸음을 지탱해줄 것이라 믿는다.

나는 왜 '조율자'일까

내가 어릴 때부터 친구들 사이에서 맡아온 역할이 있다. 바로 '조율 자'라는 이름이다. 갈등이 일어나면 자연스럽게 중간에 서게 되고, 서로 다른 의견이 부딪히면 양쪽 이야기를 차분히 들어주고 정리해 주곤 했다. 처음에는 그저 우연이라고 생각했지만, 시간이 지날수록 이 역할은 내 성향과 깊게 맞닿아 있다는 걸 알게 되었다.

한 번은 체육대회 준비 과정에서 친구들이 경기 순서를 두고 크게 다툰 적이 있었다. 모두 자기 주장만 내세우느라 대화가 길어졌고, 분위기가 싸늘하게 얼어붙었다. 그때 나는 한 발짝 뒤에서 지켜보다가 조심스럽게 말했다. "우리, 우승만 바라보다가 정작 중요한 걸 놓치고 있는 거 아니야? 이 대회는 우리가 함께 즐기려고 준비하는 거잖아." 잠시 정적이 흘렀지만, 친구들은 내 말에 귀를 기울였다. 그리고 조금씩 마음을 열기 시작했다. 결국 우리는 순서를 공평하게 조정했고, 준비 과정에서의 긴장감은 오히려 더 끈끈한 팀워크로 이어졌다.

국제브레인컬러교육협회에서 상담을 받을 때, 선생님께서 내게 해 주신 말씀이 기억난다. "창우는 BG 컬러가 주는 균형감각을 타고났어요. 감정에 휘둘리지 않고 상황을 냉정하게 보되, 동시에 사람의 마음을 따뜻하게 감싸줄 수 있는 힘을 가진 거죠." 그때 나는 퍼즐의 마지막 조각을 찾은 것 같은 기분이었다. 내가 늘 조율자의 자리에 서게 되는 이유가 단순히 성격 때문만은 아니라는 것을, 내 기질과 컬러가 이미 그런 방향을 가리키고 있다는 것을 알게 된 것이다.

물론 조율자가 된다는 건 쉬운 일이 아니다. 때로는 내 감정을 뒤로 미뤄야 하고, 양쪽의 의견을 들으며 지쳐 버리기도 한다. 하지만 시간이 흐르며 깨달았다. 조율이란 단순히 싸움을 멈추게 하는 것이 아니라, 다른 목소리들이 하나의 화음을 이루도록 돕는 일이라는 것을. 음악에서 조율이 없다면 아무리 뛰어난 연주자들이 모여도 불협화음만 나듯, 사람들 사이에서도 조율은 관계를 아름답게 만드는 필수 과정이다.

이제는 친구들이 "창우가 있어서 다행이야"라고 말할 때, 나는 그것을 부담이 아니라 감사로 받아들인다. 누군가의 마음을 이어주는 다리가 된다는 건 생각보다 더 큰 힘을 주기 때문이다. 나는 조율자 로서의 나 자신을 부끄 럽지 않게 받아들이기로 했다. 그것이 내 안의 색깔이고, 내가 살아가는 방 식이니까.

공부가 남긴 태도

공부는 단순히 지식을 쌓는 일이 아니었다. 나에게 공부란 삶을 살아가 는 태도를 익히는 과정이었다. 시험에서 원하는 점수를 얻지 못했을 때 느 끼는 좌절, 긴 시간 책상 앞에 앉아 집중하는 과정에서 찾아오는 지루함, 그 리고 이해되지 않던 개념이 어느 날 갑자기 머릿속에서 연결될 때의 짜릿 한 성취감. 이 모든 경험이 쌓여 지금의 나를 만들었다.

나는 반복과 정리를 좋아하는 학습자다. 노트 한 권을 꽉 채우며 개념을 정리하고, 중요한 부분은 색깔로 표시해 가며 다시 읽는다. 이 과정은 때때 로 시간이 많이 걸리고 비효율적으로 보일 수 있다. 하지만 결국 내 머릿속 에 뿌리 깊이 남는 건 그렇게 정리하고 반복한 지식들이었다.

아버지께서는 늘 말씀하셨다. "공부는 점수보다 과정이 더 중요하다. 점 수는 잊히지만 과정은 네 삶의 습관으로 남는다." 그 말씀은 내 학창시절을 지탱하는 울타리였다. 시험에서 실수를 해도, 친구들보다 늦게 깨 달아도, 과정을 성실히 밟아간다면 그것이 결국 나를 더 멀리 데려다 줄 것이라는 확신을 주셨다.

브레인컬러 상담에서도 이 부분이 연결되었다. 선생님은 내게 "BG 컬러를 가진 사람들은 반복을 통해 안정감을 얻고, 루틴 속에서 힘을 발휘한다"고 하셨다. 나는 그 말을 들으며 웃음이 났다. 마치 내 공부 습관을 그대로 설명하는 듯했기 때문이다.

불안도 공부의 일부였다. 시험 전날 불안에 휩싸여 잠 못 이루는 밤도 있었고, 결과가 기대에 미치지 못했을 때 스스로를 원망하기도 했다. 하지만 그 불안조차도 나를 단단하게 만드는 과정이었다. 불안을 이겨내며 집중하는 힘, 결과보다 과정을 신뢰하는 힘이 차곡차곡 쌓였기 때문이다.

결국 공부가 내게 남긴 것은 성적표에 적힌 숫자가 아니라, 어떤 상황에서도 흔들리지 않고 과정을 믿는 태도였다. 그것은 앞으로의 인생을 살아가면서도 나를 지켜줄 소중한 자산이 될 것이다.

7
브레인컬러와 나의 성향

브레인컬러 상담을 만나다

나는 늘 조용하고 차분하다는 말을 들어왔다. 하지만 스스로도 "나는 누구일까?"라는 질문 앞에서는 종종 막막했다. 말수가 적다고 해서 감정이 없는 건 아니고, 중심이 단단하다고 해서 흔들리지 않는 건 아니었다. 오히려 속으로는 수없이 흔들리고, 남들이 보지 못하는 불안을 끌어안고 있었다.

그러던 어느 날, 아버지의 권유로 국제브레인컬러교육협회의 상담실을 찾게 되었다. 처음엔 '성격 검사 비슷한 거겠지' 하고 가볍게 생각했지만, 상담실에 들어서는 순간 공기가 달랐다. 벽에는 원색과 파스텔이 어우러진 컬러 차트들이 걸려 있었고, 작은 테이블 위에는 투명한 컬러병들이 가지런히 놓여 있었다. 햇빛을 받아 반짝이는 그 빛깔들이 마치 내 마음 깊은 곳을 비추는 듯했다.

"창우는 스스로를 얼마나 알고 있다고 생각하나요?" 첫 질문에 나는 잠시 멈칫했다. 정답이 없는 질문이었다. 늘 시험처럼 주어진 문제를 풀어온 나였지만, 이번만큼은 내 안을 꺼내 보여야 했다. 순간, 마치 무언가 낯선 세계로 들어온 듯 긴장감이 흘렀다.

기질과 색으로 본 나의 모습

상담 결과는 뜻밖이었다. 나는 토1형 실천형 기질에 BG(Blue-Green) 사고컬러, 그리고 BG-Yg-BG 행동컬러를 가진 사람이라는 분석을 받았다. 생소한 용어 같지만, 설명을 들으니 신기하게도 내 모습이 하나씩 짚여졌다.

"창우는 조용하지만 중심이 있어요. 계획을 세우고 차분히 실행하는 힘이 있죠. 감정보다는 이성과 논리로 사고하고, 혼자 몰입할 때 더 성과를 내는 타입이에요."

선생님의 말에 나는 고개를 끄덕였다. 다른 사람들과 북적이는 자리보다는 내 방 책상에 앉아 문제집을 풀 때 더 집중되는 이유. 체육대회에서 단순히 뛰는 것보다, 전략을 짜서 팀을 움직이는 게 더 재미있었던 이유. 모든 게 연결되었다.

루틴이라는 작은 힘

상담에서 나는 컬러별 솔루션을 제안 받았다. BG 컬러의 나는 반복과 정리 속에서 안정감을 얻는다고 했다. 그래서 하루의 끝에 오늘 집중한 세 가지를 기록하고, 잠들기 전 조용히 창밖을 바라보며 생각을 정리하는 습관을 가져보라고 하셨다.

"작은 루틴이 큰 중심을 만들어줘요." 그 말이 가슴에 남았다. 나는 곧장 실천하기 시작했다. 처음엔 귀찮았지만, 며칠이 지나자 신기한 변화가 찾아왔다. 하루가 조금 더 단단히 마무리되는 기분, 내가 나를 통제하고 있다는 작은 확신. 그것은 이전의 불안한 나와는 분명히 달랐다.

관계 속에서 빛난 Yg 컬러

나의 행동컬러 중 하나인 Yg(옐로우 그린)은 관계 감수성을 의미한다고 했다. 평소 나는 친구들과 크게 어울리기보다는 몇 명과 깊이 지내는 편이었다. 하지만 그 몇 명에게는 유난히 마음을 쓰고, 작은 말 한마디에도 크게 영향을 받곤 했다.

선생님은 "창우는 관계에서 따뜻한 연결이 큰 힘이 돼요. 먼저 인사하거나, 작은 고마움을 표현하는 습관을 들이면 더 좋은 흐름이 생깁니다"라고 하셨다.

그날 이후, 나는 의식적으로 "오늘 고마웠어"라는 말을 친구들에게 건네기 시작했다. 단순한 말 한마디였지만, 놀랍게도 분위기가 달라졌다. 상대방의 얼굴에 번지는 미소, 그리고 내 안에 차오르는 따뜻함이 그 증거였다.

조율자의 의미를 다시 보다

살아오면서 나를 가장 잘 설명해주는 단어를 꼽으라면, 아마도 '조율자'일 것이다. 어릴 적부터 나는 친구들 사이에서 다툼이 생기면 자연스럽게 중간에 서 있었다. 누가 시킨 것도 아니었고, 특별히 잘하고 싶어서 나선 것도 아니었다. 그저 상황을 바라보면 마음이 불편해지고, 모두가 조금 더 편안했으면 하는 마음이 앞섰기 때문이다.

조율자가 된다는 것은 단순히 양쪽 이야기를 듣고 정리하는 사람이 아니라, 서로의 언어와 감정을 이어주는 다리 역할이라고 생각한다. 음악에서 피아노나 바이올린이 제각각 소리를 내어도, 튜닝이 맞지 않으면 불협화음이 되는 것처럼, 사람 사이에도 작은 오해와 차이가 쌓이면 금세 관계가 흔들린다. 나는 그 틈새를 메우는 '조율의 손길'을 주어진 숙명처럼 받아들이며 살아왔다.

물론 늘 쉬운 일만은 아니었다. 때로는 나 자신이 오해를 받기도 했다. "왜 네가 나서?"라는 말을 듣기도 했고, 양쪽 모두에게서 미묘하게 비난을 받기도 했다. 하지만 시간이 지나면서 알게 되었다. 조율자가 없을 때 생기는 공허함과 어색함, 그리고 다시 이어진 관계에서 느껴지는 따뜻함이 얼마나 큰 의미를 가지는지. 그 과정을 통해 나는 내 성향을 단점이 아닌 강점으로 바라볼 수 있게 되었다.

브레인컬러 상담에서 선생님은 내게 BG 컬러의 균형감각을 강조하셨다. 감정의 소용돌이에 휘말리지 않고 차분하게 상황을 바라보는 힘, 그리고 때로는 부드럽게, 때로는 단호하게 관계를 이끌어가는 힘. 나는 이 조언이 내 삶의 많은 순간들을 설명해준다고 느꼈다.

이제는 조율자가 된다는 것이 단순히 갈등을 없애는 사람이 아니라, 서로 다른 목소리를 하나의 화음으로 모아내는 역할이라는 것을 안다. 그리고 그 본능은 누군가를 힘들게 하기보다 오히려 모두를 편안하게 만드는 힘이라는 것을. 나는 그 힘을 더 단단하게 키워, 앞으로의 삶에서도 사람들을 연결하는 작은 다리가 되고 싶다.

고요한 사색의 힘

며칠 간의 실험 끝에, 나는 조용히 사색하는 시간이 단순한 '쉼표'가 아니라, 나의 하루를 새롭게 작곡하는 프롤로그라는 사실을 깨 달았다. 예전에는 아침에 눈을 뜨면 휴대폰 알람을 끄고, 습관처럼 SNS나 메시지를 먼저 확인하곤 했다. 하지만 브레인 솔루션 실험 이후, 나는 그 습관을 조금 바꿔 보았다. 알람을 끄고 난 뒤, 바로 휴대폰을 집어 드는 대신 10분간 눈을 감고 조용히 생각하는 시간을 갖기로 한 것이다.

처음에는 이 10분이 길게만 느껴졌다. "친구들이 보낸 메시지를 지금 바로 확인해야 하지 않을까? 오늘 할 공부 계획을 다시 세워야 하지 않을까?" 조급한 마음이 고개를 들었지만, 억지로 휴대폰을 멀리 밀어두고 내 마음 속으로 들어가 보았다. 그러자 희한하게도, 불안과 조급함이 서서히 가라 앉았다.

그날 떠오른 생각은 의외로 단순했다. "오늘 하루를 어떤 마음으로 시작 할 것인가?"그 질문 하나였다. 그리고 나는 스스로에게 대답했다. "조급함 보다는 차분함으로, 불안보다는 신뢰로."짧은 사색이었지만, 하루 전체의 톤이 달라졌다. 수업 시간에 집중하는 태도, 친구들과 나누는 대화의 톤까 지도 훨씬 부드러워진 것이다.

나는 이 경험을 통해 사색의 힘을 조금씩 이해하기 시작했다. 그것은 단 순히 아무 생각 없이 멍하니 있는 시간이 아니었다. 오히려 내 안의 목소리 에 귀를 기울이고, 복잡하게 얽힌 생각의 실타래를 차분히 풀어내는 과정 이었다.

예를 들어, 시험 기간에는 늘 긴장과 압박감이 나를 괴롭혔다. 그러나 사색의 시간을 가진 날에는 이상하게도 불안감이 줄어들었다. 머릿속이 정리되니 공부의 우선순위가 분명해졌고, 불필요하게 낭비되는 에너지도 줄어들었다. *"내가 왜 이 문제를 풀지 못했을까?"*라는 자책 대신, *"다음엔 어떤 방식으로 접근하면 좋을까?"*라는 질문을 던질 수 있게 된 것이다.

사색은 또한 내 감정을 다스리는 힘이 되었다. 친구와의 작은 오해로 마음이 불편했던 날, 나는 조용히 사색의 시간을 가졌다. 그리고 내 마음속 깊은 곳에서 이런 대답을 얻었다. "화를 내는 것보다 솔직하게 내 감정을 표현하는 게 낫지 않을까?"그 생각대로 다음 날 친구에게 다가가 "어제는 내가 좀 예민했어. 미안해"라고 말하자, 관계는 금세 회복되었다.

나는 이제 깨닫는다. 고요한 사색은 나를 더 단단하게 만드는 시간이라는 것을. 누군가에게는 쓸데없어 보일 수 있지만, 내겐 하루를 시작하는 '리셋 버튼'이자, 내 마음의 온도를 조절하는 '온도계'였다. 그리고 이 습관은 앞으로도 내 인생 전체에 걸쳐 가장 중요한 루틴이 될 거라는 확신이 든다.

관계 속 따뜻함

브레인 솔루션 상담에서 선생님은 내 행동 컬러 중 하나로 옐로우 그린(Yg)을 언급하셨다. "창우는 관계 속 따뜻함을 중요하게 여기는 성향이 있

어요. 작은 말 한마디, 소소한 배려가 오히려 큰 힘이 되지요." 그때는 고개
를 끄덕이면서도 사실 실감이 잘 나지 않았다. 하지만 일상 속에서 그 말이
얼마나 정확한지 곧 깨닫게 되었다.

나는 친구들 사이에서 늘 조율자 역할을 맡아왔다. 누군가 다투면 중간
에서 이야기를 들어주고, 불필요한 오해가 생기면 사실을 정리해주는 편이
었다. 그런데 신기하게도, 상황을 풀어가는 데 있어 꼭 필요한 건 거창한 논
리나 멋진 해결책이 아니었다. 오히려 "괜찮아, 네 마음 이해해"라는 짧은
한마디, 혹은 "오늘은 내가 너희 편이야"라는 작은 표현이 갈등을 녹여내
곤 했다.

그 경험은 나 스스로도 놀라웠다. 나는 말을 많이 하는 편이 아니고, 가끔
은 무뚝뚝하다는 오해도 받는다. 하지만 진심 어린 말 한마디가 관계를 지
켜내는 힘이 된다는 것을 알게 되면서, 내 말투와 행동이 달라졌다. 예전에
는 갈등이 생기면 '어떻게 중재할까?'에만 집중했는데, 지금은 먼저 상대의
마음을 인정해 주는 데 더 신경 쓰게 된 것이다.

예를 들어, 친구가 시험에서 기대만큼 점수를 얻지 못해 속상해 할 때가
있었다. 예전 같으면 "다음엔 잘하면 되지" 정도로 짧게 넘겼을 것이다. 하
지만 지금은 이렇게 말한다. "너, 이번에 진짜 열심히 한 거 내가 봤어. 결과
보다 그 과정이 더 대단했어." 그 말을 듣는 순간 친구의 표정이 풀리며 작
은 미소를 지었다. 나 역시 마음 한켠이 따뜻해 졌다.

관계 속 따뜻함은 꼭 큰 사건에서만 드러나는 것이 아니었다. 점심시간에 자리 하나를 비켜주는 것, 숙제를 잊은 친구에게 노트를 빌려주는 것, 버스에서 무심코 자리를 양보하는 것. 이런 작은 행동이 쌓일 때, 관계의 온도는 천천히 올라간다. 그리고 그 온도가 서로의 신뢰를 만들어 간다.

브레인 솔루션에서 강조된 이 깨달음은 내게 큰 전환점이었다. 나는 조율자일 뿐만 아니라, 따뜻함을 나누는 작은 불씨가 될 수 있다는 것. 큰 불길은 아니더라도, 작은 불씨 하나가 어두운 방을 밝혀주듯, 나의 따뜻함도 누군가의 하루를 환하게 만들 수 있다는 사실이 마음 깊이 다가왔다.

반복과 회복의 힘

브레인컬러 상담에서 내 안에 자리한 또 다른 중요한 에너지는 균형과 안정의 힘 이었다. 선생님은 이렇게 말씀해 주셨다. "창우는 반복을 통해 힘을 얻고, 꾸준히 쌓아가는 과정을 통해 스스로를 회복하는 성향이 강해요. 큰 도약보다 작은 걸음이 쌓일 때 비로소 자신감을 느끼는 타입이지요."

그 말을 듣자마자 나는 지난 시간을 떠올렸다. 새로운 개념을 공부할 때, 단번에 이해하기보다 여러 번 정리하고 반복해야 마음이 놓였던 순간들. 수학 문제를 풀 때도 공식 하나를 반복적으로 적용하며 차근차근 몸에 익히는 방식이 나와 잘 맞았다. 다른 친구들이 '이 정도면 됐어'라며 넘어갈 때, 나는 한 번 더 문제를 풀어보고, 다시 정리하며 내 것으로 만드는 과정을 즐겼다.

처음에는 이 습관이 느리고 답답하다고 생각했다. 하지만 시간이 지나며 깨달았다. 반복은 나의 약점이 아니라 강점이라는 것을. 한 번 알면 쉽게 잊지 않고, 작은 단계를 차곡차곡 쌓아가는 힘은 오히려 나를 흔들리지 않게 지탱해 주었다.

공부뿐 아니라 일상에서도 이 성향은 드러났다. 하루를 마치기 전, 나는 그날 가장 집중한 세 가지를 노트에 적는다. "오늘은 영어 단어 30개를 외웠다. 수학 문제 10개를 정확히 풀었다. 친구와의 오해를 풀었다." 이렇게 기록하는 작은 습관이 반복되면서, 내 안에 '나는 해낼 수 있다'는 믿음이 자라났다. 단순한 체크리스트 같지만, 이 작은 루틴이 나를 회복시키고 다음 날을 준비하게 했다.

스트레스가 쌓일 때도 마찬가지였다. 나는 무언가 크게 새로운 걸 시도하기보다, 익숙한 루틴으로 돌아가곤 했다. 조용히 음악을 듣거나, 산책을 하면서 머릿속을 정리하는 것. 매일 반복해온 일상적인 행동들이 오히려 나를 안정시키고 다시 앞으로 나아가게 했다. 선생님이 말씀해주신 "BG는 회복의 힘"이라는 말이 그제야 마음 깊이 와닿았다.

이 반복과 회복의 힘 덕분에 나는 쉽게 무너지지 않았다. 작은 성취를 꾸준히 쌓는 과정에서 스스로를 회복할 수 있었고, 실패나 좌절도 그 속에서 천천히 극복할 수 있었다. 어쩌면 나는 화려하게 불타오르는 불꽃이 아니라, 오래도록 꺼지지 않는 등불 같은 사람일지도 모른다. 꾸준히 타오르는 등불처럼, 나는 나만의 속도로 앞으로 나아가며 회복의 힘을 키워가고 있다.

작은 루틴이 만든 변화

나는 특별히 거창한 목표를 세우지 않아도, 매일의 작은 루틴 속에서 삶이 달라진다는 것을 경험해 왔다. 처음엔 단순히 습관처럼 시작했던 일이었지만, 시간이 흐르면서 그것이 내 인생을 조용히 바꾸는 힘이 되었다.

예를 들어, 하루의 끝에 노트에 "오늘 가장 집중했던 세 가지"를 기록하는 습관이 있다. 단순히 '해야 할 일'이 아니라, '내가 실제로 해낸 것'을 적는 것이다. 영어 단어 암기, 수학 문제 풀이, 그리고 누군가와의 대화에서 마음을 다한 순간 같은 작은 일들. 이 기록을 하루하루 쌓아가다 보니, 어느 순간 나는 "나는 해낼 수 있는 사람이다"라는 믿음을 갖게 되었다. 그 믿음은 시험이나 대회 같은 큰 무대에서도 나를 흔들리지 않게 붙잡아 주었다.

또 다른 루틴은 조용한 사색의 시간이다. 하루 중 짧게 라도 혼자만의 시간을 만들어 창밖을 바라보거나 음악을 듣는다. 로파이 음악의 잔잔한 리듬, 바람에 흔들리는 나무의 잎사귀, 저녁 하늘의 색깔. 이런 것들이 내 머릿속의 소음을 가라앉히고, 마음을 정리하게 한다. 상담 선생님이 말씀하신 것처럼, BG 컬러를 가진 나는 이런 '고요 속의 사색'을 통해 사고가 다시 맑아지고 집중력이 회복된다.

그리고 나는 사람과의 관계 속에서도 작은 루틴을 만들었다. 누군가에게 먼저 인사하기, 고마운 마음을 표현하기, 친구에게 짧은 메시지를 남기는 것. 사실 나는 낯을 가리고 먼저 다가가기를 어려워하는 편이었다. 하지만 이런 작은 루틴을 통해 관계의 문이 조금씩 열리고, 서로를 이해할 수 있는 대화가 이어졌다. 이 작은 변화들이 결국 나를 '조율 자'로 성장하게 만든 토대가 되었다.

루틴의 힘은 '작은 것이 쌓이면 큰 변화를 만든다'는 단순한 진리 속에 있다. 하루하루는 미미해 보이지만, 그 과정이 쌓이면 어느 순간 나도 모르게 커다란 변화를 이룬다. 마치 나무가 매일 조금씩 자라 어느 날 커다란 그늘을 만들어 주는 것처럼.

나는 아직 인생의 봄을 살고 있는 학생이지만, 이 루틴을 통해 미래를 준비하는 힘을 기르고 있다. 거대한 목표 앞에서 두려워하기보다, 작은 루틴을 지켜가며 오늘을 성실히 살아가는 것. 그것 이야말로 내가 꾸준히 성장할 수 있는 가장 확실한 방법이라고 믿는다.

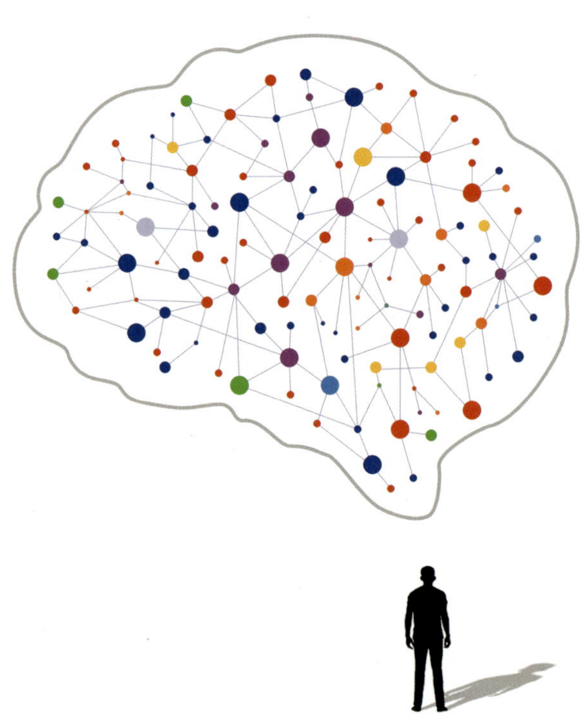

8
배움과 성장의 기록

—

스트레스와 불안을 다스리는 법

나는 생각보다 불안에 취약한 사람이다. 시험지를 받을 때 손끝이 떨리거나, 친구들 앞에서 발표할 때 목소리가 자꾸 갈라지기도 한다. 겉으로는 조용하고 침착해 보인다고들 하지만, 속으로는 수많은 생각들이 몰려와 마음이 흔들릴 때가 많다.

하지만 그 불안은 단순히 피해야 할 것이 아니라, 나를 단단하게 만드는 기회가 될 수 있다는 것을 점점 깨닫고 있다. 아버지는 늘 이렇게 말씀하신다. "창우야, 불안은 너의 마음이 약하다는 증거가 아니라, 네가 중요한 순간을 마주하고 있다는 신호란다. 그걸 외면하지 말고, 오히려 끌어안아라." 이 말은 내게 큰 울림이 되었다. 불안을 없애려 하기보다, 그것을 받아들이고 다스리는 방법을 찾아야 한다는 사실을 알게 된 것이다.

브레인컬러 상담에서도 나는 BG 사고 컬러를 가진 사람으로서, 체계와 반복을 통해 안정감을 얻는 성향이 있다고 했다. 그래서 나는 불안이 몰려올 때마다 루틴으로 나를 다스린다. 예를 들어, 시험 전날에는 항상 같은 방식으로 책상을 정리하고, 같은 순서로 복습을 한다.이 반복의 과정이 나를 안심시켜 준다. 또한 중요한 발표가 있을 때는, 미리 친구들 앞에서 여러 번 연습하며 스스로에게 "나는 준비됐다"는 메시지를 심어 준다.

또 하나의 방법은 기록하기다. 마음이 불안할 때, 그 감정을 그대로 종이

에 적어 내려가면 신기하게도 머릿속의 혼란이 조금 정리된다. "오늘 발표
가 두렵다. 하지만 준비한 만큼 할 수 있다. 결과보다 과정에 집중하자." 이
렇게 적다 보면, 불안이 단순한 감정이 아니라 내가 다룰 수 있는 '생각'으
로 바뀐다.

자연과 음악도 큰 힘이 된다. 마음이 복잡할 때는 학교 운동장을 천천히
걸으며 하늘을 올려다보거나, 로파이 음악을 들으며 눈을 감는다. 잔잔한
멜로디 속에서 호흡을 가다듬다 보면, 내가 불안 속에 갇혀 있던 게 아니라,
불안을 잠시 크게 바라보고 있었음을 깨닫게 된다.

이제 나는 불안을 단순히 두려워하지 않는다. 불안은 나를 성장시킬 수
있는 훈련장이자, 내 마음을 단련하는 무대다. 불안이 찾아올 때마다 나는
내 루틴을 꺼내어 실행한다. 그러면 점점 불안은 나를 지배하는 적이 아니
라, 나를 더 강하게 만드는 동반자가 된다.

나는 아직 완벽하지 않다. 여전히 불안 앞에서 주춤할 때도 있다. 하지만
중요한 건 도망치지 않는 것이다. 불안과 함께 걸어가며, 그것을 나를 단단하
게 만드는 자양분으로 바꾸는 것. 그것 이야말로 내가 배운 가장 큰 지혜다.

관계 속에서 배운 감정의 언어

나는 늘 '말을 아끼는 아이'라는 평가를 받았다. 하지만 시간이 지날수록 깨닫게 된 사실이 있다. 말이 적다는 것은 곧 감정을 표현하는 언어가 부족하다는 뜻이 될 수 있다는 것이다. 겉으로는 차분해 보이지만, 속에서는 수많은 생각과 감정이 요동쳤다. 다만 그것을 적절한 순간에, 올바른 방식으로 꺼내는 일이 어려웠다. 그래서인지 종종 친구들에게는 무뚝뚝하다 거나, 차갑다는 인상을 주곤 했다.

이 점을 가장 크게 깨달은 계기는 중학교 2학년 때 일어난 작은 사건이었다. 체육대회 준비 과정에서 친구들과 의견 충돌이 생겼는데, 나는 그저 상황을 바라보며 속으로만 정리하고 있었다. 결국 갈등은 커졌고, 나는 나중에서야 "내 생각은 이래"라고 조심스럽게 말을 꺼냈다. 하지만 이미 분위기는 싸늘하게 식어 있었고, 내 말은 늦은 조언처럼 들려버렸다. 그때 처음으로 알았다. 마음속에 아무리 좋은 생각과 의도가 있어도, 적절한 시기에 표현하지 못하면 아무 소용이 없다는 것을.

이후로 나는 의식적으로 감정의 언어를 배우려 노력했다. 일기장에 하루 동안 느낀 기분을 색깔로 표시해 보기도 했고, 선생님이 알려주신 '감정 단어 사전'을 활용해 단순히 '좋다', '싫다'가 아니라 '설렌다', '불안하다', '서운하다'와 같은 단어로 감정을 표현하려 애썼다. 처음에는 어색했지만, 점점 그 단어들이 나를 더 잘 설명해 주고, 타인에게도 내 속마음을 조금 더 정확히 전달할 수 있게 도와주었다.

특히 브레인컬러 상담에서 선생님이 해 주신 조언은 내게 큰 전환점이 되었다. "창우는 감정을 깊이 느끼지만, 표현할 때는 한 박자 늦는 편이에요. 그건 단점이 아니라 강점이 될 수 있어요. 다만, 마음속에 오래 담아 두기만 하면 스스로가 지치니, 작은 말이라도 지금 느끼는 걸 표현해 보세요." 이 말은 내 안에 작은 불빛을 켜 준 것 같았다. 이후 나는 친구에게 "오늘 네가 해준 말 고마웠어"라는 짧은 문장을 건네는 연습을 했다. 예상보다 훨씬 큰 미소가 돌아왔고, 관계가 단단해 지는 것을 느낄 수 있었다.

이제 나는 감정 표현이란 단순히 말하는 것이 아니라, 상대와 신뢰를 쌓아가는 다리라는 것을 안다. 조율자로서 사람들 사이의 균형을 잡는 것도 중요하지만, 나 자신이 가진 감정의 언어를 정확히 전달하는 것 역시 관계의 핵심이었다. 여전히 완벽하진 않지만, 나는 하루하루 배우고 있다. 감정의 언어를 익힌다는 것은 결국 나를 더 깊이 이해하고, 타인과 더 따뜻하게 연결되는 또 하나의 성장 과정임을.

작은 표현이 만드는 큰 변화

감정을 표현하는 것이 서툴렀던 나는, 작은 변화가 큰 차이를 만든다는 사실을 직접 경험하며 조금씩 달라졌다. 고등학교 1학년 때, 반에서 함께 프로젝트를 준비하던 일이 있었다. 나는 늘 하던 대로 맡은 일을 조용히 정리하고 준비했지만, 발표 연습 도중 한 친구가 불안한 기색을 보였다. 예전 같았으면 속으로만 "괜찮을 거야"라고 생각했을 것이다. 하지만 그날은 용기를 내어 그 친구에게 이렇게 말했다.

"네가 준비한 부분 정말 좋아. 네가 아니면 이 분위기가 살지 않을 거야."

그 한마디에 친구의 얼굴이 밝아졌고, 발표도 훨씬 자신감 있게 마무리되었다. 나는 그때 알았다. 누군가의 마음을 지탱해 주는 건 거창한 조언이 아니라, 지금 바로 건넬 수 있는 짧은 말일 수 있다는 것을.

브레인컬러 상담에서 선생님이 강조했던 Yg 컬러의 '관계 감수성'은 이런 순간에 빛을 발했다. 단순히 내 마음을 알아주는 것이 아니라, 상대방에게 따뜻하게 표현하는 힘. 나는 그 조언을 떠올리며, 이후로도 친구가 수고한 일을 칭찬하거나, 고마움을 말하는 습관을 조금씩 길러 갔다. 작은 말 한마디가 상대의 하루를 바꾸고, 나 자신에게도 관계에 대한 자신감을 심어 주었다.

물론, 감정을 표현하는 일이 언제나 쉽지는 않았다. 어떤 날은 괜히 어색하게 느껴 지기도 하고, '괜히 오해하지 않을까?' 하는 걱정이 앞서기도 했다. 하지만 그런 순간마다 나는 아버지께서 하신 말씀을 떠올렸다. "표현하지 않은 마음은 없는 것과 같다. 네가 가진 따뜻함은 나눌 때 힘이 된다." 이 말은 나를 움직이게 했다.

지금도 나는 큰 사건이나 특별한 날이 아니더라도, 작은 순간에 마음을 표현하려 애쓴다. 시험이 끝난 날 친구에게 "오늘 정말 고생 많았다"라고 말하는 것, 부모님께 "오늘 밥 정말 맛있었어요"라고 건네는 것. 이런 짧은 표현들이 쌓여 나와 주변의 관계를 단단히 묶어 준다.

나는 이제 안다. 세상을 바꾸는 건 거창한 담론이 아니라, 일상 속에서 주고받는 작은 언어들일 수도 있다는 것을. 그 변화는 곧 내 안에도 자리 잡아, 더 따뜻한 눈으로 세상을 바라보게 만들고 있다. 작은 표현 하나가 내 미래의 인간관계에도 큰 자산이 될 거라는 확신이 든다.

리더십과 조율자의 힘

리더십이라고 하면 흔히 앞에서 힘차게 이끌고, 큰 목소리로 지휘하는 모습을 떠올린다. 하지만 내가 경험한 리더십은 조금 달랐다. 나는 언제나 중심에서 양쪽의 이야기를 듣고, 갈등을 최소화하며, 모두가 제자리를 찾을 수 있도록 돕는 역할을 맡아왔다. 누군가를 끌고 가는 힘보다는, 서로 다른 속도와 목소리를 맞추어 하나의 흐름으로 엮어내는 힘. 그것이 내가 가진 리더십의 본질이었다.

고등학교 2학년, 체육대회를 준비하면서 그런 순간이 찾아왔다. 반 대표로 나서게 되었는데, 경기 종목을 정하는 과정에서 의견이 팽팽히 갈렸다. 한쪽은 인기 있는 구기 종목을 원했고, 다른 한쪽은 준비 부담이 적은 종목을 주장했다. 모두가 자기 입장에서 옳다고 느끼는 상황이라, 작은 말다툼이 큰 갈등으로 번질 기미가 보였다.

그때 나는 양쪽 이야기를 차분히 정리했다. 그리고 모두에게 물었다. "우리의 목표가 이기는 것일까, 아니면 다 함께 즐기는 것일까?"

잠시 정적이 흘렀다. 하지만 이 질문을 시작으로 친구들은 각자의 주장을 잠시 내려놓고, '우리 반 다운 선택이 무엇일까'에 대해 다시 이야기하기 시작했다. 결국, 우리는 준비 부담은 적으면서도 모두가 참여할 수 있는 종목을 선택했고, 결과는 승패를 떠나 즐겁게 함께할 수 있었다.

그 과정에서 나는 깨 달았다. 리더십은 결코 혼자 빛나는 것이 아니며, 모두가 편안하게 목소리를 낼 수 있는 무대를 만들어 주는 힘이라는 것을. 조율자라는 나의 정체성과 리더십은 결국 같은 뿌리에서 나온 것이었다.

브레인컬러 상담에서 선생님은 내게 BG 컬러의 사고 성향이 바로 이런 리더십을 가능하게 한다고 하셨다. 차분히 상황을 바라보고, 감정보다 논리로 중심을 잡는 힘. 여기에 Yg 컬러의 따뜻함이 더해져, 사람들 사이의 긴장을 풀고 관계를 이어주는 힘이 생긴 것이다. 나는 내 안에 자리한 이 두 가지 색이 얼마나 소중한지, 실제 경험을 통해 체감할 수 있었다.

아버지께서 늘 강조하신 말씀이 있다. "리더는 앞에서만 끌고 가는 사람이 아니다. 뒤에서 모두가 무너지지 않도록 받쳐 주는 사람이 진짜 리더다." 그 말이 이제는 내 삶 속에 자연스럽게 녹아 있다. 나는 조율 자 이자 리더로서, 때로는 앞에서 길을 제시하고, 때로는 뒤에서 든든히 받쳐주는 역할을 하며 나만의 리더십을 키워가고 있다.

앞으로도 나는 이 리더십을 더 깊게 다듬고 싶다. 언젠가 더 큰 무대에 서게 되더라도, 내가 가진 조율자의 힘을 잃지 않고, 모두가 편안하게 함께할 수 있는 공간을 만드는 리더가 되고 싶다. 그것이 내가 꿈꾸는 미래의 모습이다.

공부와 리더십, 두 갈래의 길이 만나다

리더십과 공부는 얼핏 보면 서로 다른 길처럼 보인다. 하나는 사람을 이끄는 힘이고, 다른 하나는 스스로의 집중과 노력이 필요한 길이다. 그러나 나의 삶 속에서는 이 두 갈래의 길이 자주 만났다. 그리고 그 만남은 내게 단순히 성적이나 직책 이상의 의미를 주었다.

예를 들어 시험 기간이 다가올 때면, 나는 공부 계획을 세우는 동시에 반 친구들의 분위기를 살폈다. 누군가는 불안해했고, 누군가는 의욕을 잃은 채 포기하려는 기미를 보였다. 그럴 때마다 나는 내 공부 노트 일부를 공유하거나, 함께 공부할 시간을 만들었다. 물론 나 혼자 집중해서 공부하는 것이 더 효율적일 수도 있었지만, 친구들과 함께 문제를 풀고 설명해주는 과정에서 오히려 내 이해가 더 깊어 졌다. 그때 나는 '리더십과 공부는 서로 연결되어 있구나'라는 사실을 알았다.

아버지께서 늘 강조하신 "준비하라"는 말씀은 공부에도, 리더십에도 똑같이 적용되었다. 시험을 준비할 때처럼, 사람들 과의 협력에도 준비가 필요했다. 상대의 상황을 미리 이해하고, 갈등이 생길 수 있는 부분을 예상하며, 그에 맞는 대응을 준비하는 것. 이 모든 것이 결국 나의 리더십을 더 단단하게 만들어 주었다.

브레인컬러 상담에서 받은 조언도 크게 도움이 되었다. 내 BG 컬러는 체계와 논리를 중시한다. 그래서 나는 공부할 때 개념을 차례대로 정리하고 반복하는 방식을 고수한다. 그런데 이 성향은 친구들 과의 관계에서도 자연스럽게 드러났다. 문제 해결 과정에서 감정에 휩쓸리기보다 상황을 구조적으로 바라보고, 차분히 설명해주는 내 모습은 친구들에게 신뢰를 주었다. Yg 컬러가 더해질 때는 따뜻함이 배어 나와, 딱딱한 설명이 아닌 서로 마음을 나누는 대화로 이어졌다.

나는 이 경험을 통해 깨 달았다. 공부는 단순히 나 혼자 잘하기 위한 것이 아니라, 주변 사람들 과의 관계를 다듬고 리더십을 키우는 과정이 될 수 있다는 사실을. 리더십 역시 누군가를 이끄는 자리에서 끝나는 것이 아니라, 내가 가진 학습 태도와 습관을 통해 더 진정성 있게 발휘될 수 있다는 것을.

결국 공부와 리더십은 나의 두 축이 되었다. 한쪽은 나를 성장시키고, 다른 한쪽은 나와 함께하는 사람들을 성장시켰다. 두 갈래의 길이 만나 하나의 길이 되었을 때, 나는 단순히 '성적이 좋은 학생'이나 '반장'이 아니라, 함께 배우고 성장하는 동반자가 될 수 있었다. 그것이 내가 앞으로도 계속 지켜가고 싶은 삶의 방식이다.

브레인 솔루션을 공부에 적용하다

브레인컬러 상담을 받았을 때, 선생님은 내게 맞는 공부 습관을 "색깔"로 풀어 설명해 주셨다. BG 컬러가 강한 나는 계획적이고 구조적인 학습 방식에서 힘을 얻는다고 하셨다. 그 말은 단순히 책상 앞에 오래 앉아 있으라는 조언이 아니었다. 공부의 흐름을 설계하고, 그 흐름을 반복적으로 다져가는 방식이 나와 가장 잘 맞는다는 뜻이었다.

실제로 나는 중요한 시험을 준비할 때, 먼저 교재 전체를 훑어보며 큰 그림을 그린다. 그리고 그 속에서 단 원별 흐름을 차례차례 정리한다. 이 과정에서 색깔 펜을 활용해 중요한 부분을 표시하고, 도식화된 노트를 만든다. 처음에는 시간이 오래 걸리지만, 일단 틀이 만들어지면 이후의 반복은 훨씬 수월 해진다. 선생님은 이를 두고 "BG의 힘은 기초를 다지고, 그것을 반복하면서 안정감을 찾는 데 있다"고 설명해 주셨다. 그 순간 나는 내가 왜 반복과 정리에 집착하는지, 그리고 그것이 단점이 아니라 장점이 될 수 있음을 알게 되었다.

Yg 컬러의 영향은 다른 방식으로 나타났다. 공부할 때 혼자서만 몰입하기보다는, 가끔은 친구들과 함께 문제를 풀며 설명하는 시간이 도움이 되었다. 나는 누군가에게 설명할 때 비로소 개념이 정리되는 경험을 했다. 또 친구들이 "네가 설명해주면 이해가 잘 된다"라고 말해줄 때, 단순한 성취감 이상의 따뜻한 동기부여를 느꼈다. 이 작은 상호작용들이 나의 공부를 더 즐겁게 만들어주었다.

그리고 하루를 마무리할 때는 BG 컬러의 루틴대로 '오늘 가장 집중한 일 세 가지'를 기록했다. 처음에는 사소한 것들이었다. "수학 문제집 ○쪽 풀기 완료", "영어 단어 30개 복습", "역사 요약노트 정리" 같은 것들. 하지만 이 작은 기록이 쌓이면서 내 공부는 점점 더 체계적인 궤도를 따라가기 시작했다. 그 과정을 통해 나는 스스로를 통제하고 있다는 안정감을 얻었고, 불안이 몰려올 때마다 그 기록을 다시 펼쳐보며 마음을 다잡을 수 있었다.

무엇보다 큰 변화는 "불안을 다르게 바라보는 태도"였다. 선생님은 "불안은 마음이 약해서가 아니라, 마음의 근육을 더 키워야 한다는 신호"라고 말씀하셨다. 그 말을 듣고 나서부터 나는 불안을 피하려 하지 않았다. 오히려 불안이 찾아올 때마다 "이건 내가 더 성장할 수 있는 기회야"라고 생각했다. 그렇게 불안을 공부의 원동력으로 바꾸자, 이전보다 훨씬 담대하게 문제를 마주할 수 있었다.

지금도 나는 이 브레인 솔루션을 실천하며 공부하고 있다. 단순한 학습 기술이 아니라, 나를 더 단단하게 만드는 방식으로. 색깔로 풀어낸 이 작은 습관들은 나의 하루를 채우는 힘이 되었고, 결국 내 인생의 봄을 더 단단하게 다져주는 기초가 되었다

실패와 좌절 속에서 배운 것

나는 늘 계획을 세우고, 정리하며, 차근차근 단계를 밟아가는 걸 좋아한다. 그러나 아무리 치밀하게 준비해도 세상은 언제나 계획대로 흘러가지는 않았다. 시험을 준비하며 느낀 것도 그랬다. 열심히 정리하고 반복했음에도 불구하고, 막상 결과가 기대에 미치지 못한 적이 있었다. 그때의 좌절감은 말로 다 표현하기 어려웠다. "나는 왜 이렇게 부족할까?"라는 자책이 머릿속을 맴돌았고, 책상 앞에 앉아도 집중이 되지 않았다.

하지만 아버지께서는 내게 이렇게 말씀하셨다. "창우야, 실패는 네가 틀렸다는 증거가 아니야. 아직 네가 배워야 할 게 남아 있다는 신호지. 오히려 실패를 겪지 않는 게 더 위험한 거야."

그 말을 듣고 처음에는 쉽게 납득되지 않았다. 하지만 시간이 흐르고, 작은 실패들이 내게 남긴 흔적을 되짚어보니 그 말씀이 진리라는 걸 알게 되었다. 시험에서 실수했던 문제를 다시 풀어보면서, 나는 단순히 정답을 외우는 게 아니라 '왜 틀렸는가'를 깊이 파고들었다. 그리고 그 과정을 통해 개념의 빈틈을 메워 나갔다. 실패가 단순한 상처가 아니라, 나를 한 단계 더 단단하게 만드는 계단이 된 것이다.

브레인컬러 상담에서도 나는 이런 부분을 짚어 주셨다. BG 컬러를 가진 사람들은 반복과 정리에 강하지만, 때때로 완벽을 추구하다가 작은 실수에도 크게 흔들릴 수 있다고 했다. 그때 필요한 건 결과보다 과정에 집중하는 태도라고. 선생님은 이렇게 말씀하셨다. "창우는 이미 충분히 잘하고 있어요. 중요한 건 한 번의 결과가 아니라, 그 결과를 만드는 과정을 얼마나 충실하게 살아가느냐 예요."

그 말을 듣는 순간, 나도 모르게 마음이 가벼워졌다. 그동안 나는 결과만을 붙잡고 있었던 것 같다. 하지만 이제는 과정에서 내가 무엇을 배웠는지, 그 과정 속에서 내가 얼마나 성숙했는지를 보려고 한다. 실패와 좌절은 그래서 더 이상 두려운 단어가 아니다. 오히려 나를 더 깊이 들여다보고, 스스로를 단련할 기회가 되었다.

나는 아직 학생이고, 앞으로도 수많은 시험과 도전 앞에 서게 될 것이다. 그때마다 좌절이 찾아올지도 모른다. 그러나 이제는 알고 있다. 좌절은 내 발목을 잡는 게 아니라, 내 발걸음을 더 단단하게 만드는 무게라는 것을. 그 무게를 딛고 한 걸음 더 나아갈 수 있다면, 나는 실패 속에서도 성장할 수 있을 것이다.

불안 속에서 배운 단단함

나는 의외로 불안을 자주 느끼는 편이다. 시험을 앞두었을 때, 중요한 발표를 맡았을 때, 혹은 친구들과 관계가 삐걱거릴 때조차 마음속 깊은 곳에서 작은 떨림이 올라온다. 예전에는 그 불안을 감추기에 바빴다. 하지만 시간이 흐르면서 알게 되었다. 불안은 숨겨야 할 감정이 아니라, 나를 더 단단하게 만드는 신호라는 것을.

아버지께서는 늘 이렇게 말씀하셨다. "불안은 네 마음이 작은 그릇이라는 뜻이 아니다. 오히려 더 큰 마음을 준비하라는 사인이다. 그 신호를 무시하지 말고 받아들여라."

그 말은 처음엔 이해하기 어려웠다. 하지만 중학교 시절, 중요한 영어 말하기 대회를 앞두고 며칠간 밤잠을 설치던 때가 있었다. 나는 스스로에게 "나는 왜 이렇게 불안할까? 다른 애들은 아무렇지 않아 보이는데…"라며 자책했다. 그런데 발표 당일, 그 불안 덕분에 준비를 더 꼼꼼히 했던 나 자신을 발견했다. 원고를 수십 번 읽고, 발음을 고치고, 손동작까지 연습했기 때문에 무대에 올랐을 때 오히려 안정적으로 발표를 마칠 수 있었다. 불안이 나를 괴롭힌 게 아니라, 나를 준비시킨 것이었다.

고등학생이 된 지금도 불안은 여전히 찾아온다. 하지만 이제는 그 불안을 조금 다르게 바라본다. 마치 무대 위의 조명처럼, 처음엔 눈이 부시고 부담스럽지만, 시간이 지나면 그 빛이 나를 더 뚜렷하게 드러내는 것처럼 말이다. 나는 불안을 받아들이고, 그것을 동력으로 삼는 방법을 조금씩 배워가고 있다.

브레인컬러 상담에서도 선생님은 내게 "BG 컬러의 사고 성향은 계획과 반복을 통해 불안을 다스린다"고 말씀해 주셨다. 그 말에 깊이 공감했다. 실제로 나는 불안을 느낄 때마다 작은 루틴을 만든다. 하루를 마무리하며 '오늘 잘한 일 세 가지'를 적어보는 것, 잠들기 전에 조용한 음악을 들으며 생각을 정리하는 것, 혹은 친구에게 짧게 고마움을 표현하는 것. 이런 사소한 습관들이 불안을 완전히 없애지는 못해도, 나를 차분히 단단하게 붙잡아준다.

나는 이제 불안을 두려움으로 보지 않는다. 그것은 나의 성장을 돕는 동반자다. 불안은 나를 주저앉히려는 적이 아니라, 나를 더 단단하게 세워주려는 선생님 같은 존재다. 언젠가 더 큰 무대에 설 날이 온다면, 나는 또다시 불안을 느낄 것이다. 하지만 그때 나는 알 것이다. "괜찮아, 이 불안은 나를 무너뜨리려는 게 아니라, 나를 준비시키려는 거야."

그 믿음 하나로 나는 앞으로도 조금씩 더 단단해질 것이다.

감정과 나의 대화

나는 오랫동안 감정을 숨기는 것이 익숙했다. 누군가 기쁘냐 고 물으면 짧게 "응" 하고 끝내고, 속상할 때조차 "괜찮아"라는 말로 감정을 덮어버리곤 했다. 겉으로 보기에는 조용하고 무던한 학생 같았지만, 사실 내 안에는 표현되지 못한 수많은 감정들이 켜켜이 쌓이고 있었다.

하지만 아버지는 늘 이렇게 말씀하셨다. "감정은 숨기면 독이 되고, 나누면 약이 된다."

그 말이 처음에는 와닿지 않았다. 감정을 드러내는 것은 약한 모습이라고 생각했기 때문이다. 그런데 어느 날 학급에서 작은 사건이 있었다. 친구와의 오해로 말다툼이 생겼는데, 나는 그때도 늘 하던 대로 무표정하게 상황을 넘기려 했다. 그런데 오히려 그 침묵이 친구에게는 더 큰 거리감으로 다가갔다는 걸 알게 되었다.

그날 밤, 나는 스스로에게 질문했다. "왜 나는 내 마음을 말하지 못할까?" 답은 단순했다. 거절당할까 두려웠던 것이다. 하지만 브레인컬러 상담에서 선생님은 내게 이렇게 말씀해 주셨다. "창우는 BG 성향이 강해서 상황을 분석하고 정리하는 힘이 크지만, 감정을 드러내는 연습이 필요해요. 감정을 말로 표현할 때, 관계가 더 따뜻해 지고 너 자신도 편안해질 거예요."

그날 이후 나는 아주 작은 시도부터 시작했다. 친구에게 먼저 "오늘 네가 말해줘서 고마웠어"라고 말하거나, 가족에게 "오늘 조금 힘 들었어"라고 솔직하게 털어놓는 연습을 했다. 처음엔 어색했지만, 점점 말의 무게가 줄어들었다. 오히려 감정을 드러낼수록 관계가 부드러워지고, 내 마음도 가벼워지는 걸 느낄 수 있었다.

이 경험을 통해 나는 깨 달았다. 감정은 숨겨야 하는 것이 아니라, 다루고 나누어야 하는 것이다. 그것은 나의 연약함을 드러내는 것이 아니라, 나의 인간 다움을 확인하는 순간이었다.

감사 일기를 쓰기 시작하다

감정을 솔직히 드러내는 연습을 시작하면서, 나는 자연스럽게 또 다른 습관을 갖게 되었다. 바로 감사 일기를 쓰는 것이었다. 사실 이 아이디어는 아버지께서 먼저 제안해주신 것이다.

"창우야, 하루를 마무리할 때 마음속에 남는 건 힘든 일만이 아니다. 고마운 일도 분명히 있다. 그걸 적어두면 네 마음이 훨씬 단단해질 거야."

처음에는 솔직히 시큰둥했다. 숙제도 많은데 일기까지? 하지만 억지로라도 시작해보니 신기하게도 그날의 작은 장면들이 떠올랐다. 체육 시간에 공을 잘 못 잡은 나를 대신해 막아준 친구, 급식 줄에서 내 자리를 지켜준 반 친구, 그리고 항상 말없이 준비물을 챙겨 주시는 어머니.

그 순간 깨 달았다. 감사는 특별한 사건에서만 생기는 게 아니라는 것을. 오히려 일상의 사소한 장면들이야 말로 내 삶을 지탱하는 든든한 기둥이었다.

며칠, 몇 주가 지나면서 감사 일기는 내 삶을 바꾸기 시작했다. 힘든 일이 있어도 "오늘은 그래도 이런 게 있었잖아"라고 스스로 위로할 수 있었다. 시험에서 원하는 점수를 얻지 못했을 때도, "함께 공부한 친구가 있어서 외롭지 않았다"라고 쓸 수 있었다.

브레인컬러 상담에서 배운 Yg 컬러의 감수성이 이런 순간에 큰 도움이 되었다. 나는 차갑고 논리적인 분석가처럼 보일 때가 많지만, 사실 따뜻한 말 한마디에서 큰 힘을 얻는 사람이었다. 감사 일기를 쓰며 그 따뜻함을 스스로 확인할 수 있었고, 또 누군가에게 전해줄 수 있다는 자신감도 생겼다.

지금은 하루를 마무리할 때 펜을 잡는 시간이 가장 소중하다. 짧게 라도 감사의 기록을 남기면, 하루가 허투루 흘러간 게 아니라는 안도감이 찾아오기 때문이다. 작은 글씨로 적힌 고마움의 흔적들이 쌓여 나만의 보물이 되어가고 있다.

작은 습관이 만든 큰 변화

감사 일기를 쓰기 시작한 건 그저 하루를 정리하는 작은 습관에 불과했다. 하지만 시간이 흐르면서 나는 그 습관이 내 삶의 흐름을 바꿔놓는 걸 분명히 느낄 수 있었다.

예전의 나는 일이 잘 풀리지 않으면 쉽게 의욕을 잃거나 스스로를 탓하곤 했다. "왜 나는 이것밖에 못 하지?"라는 생각이 머릿속을 가득 채우면, 아무리 주변에서 위로를 해도 잘 들리지 않았다. 그런데 감사 일기를 꾸준히 쓰면서 내 시선은 점점 달라졌다. '안 된 것'에 머무는 대신, '된 것'을 바라보게 된 것이다.

예를 들어 시험을 망친 날에도, "함께 공부한 친구와의 시간이 즐거웠다"라고 적을 수 있었다. 운동장에서 넘어져 무릎이 까진 날에도, "보건실에서 반창고를 붙여준 선생님께 감사하다"라는 문장을 남길 수 있었다. 사소하지만 분명히 존재하는 '빛의 순간들'을 붙잡아 글로 남기다 보니, 어둠 속에서도 빛을 찾는 습관이 몸에 배었다.

이 습관은 나의 관계에도 변화를 주었다. 친구와 다투었을 때도, 화해의 순간을 기록하면 다툼이 전부가 아니게 되었다. 누군가의 배려를 글로 남기면 그 고마움을 더 오래 간직할 수 있었고, 그 사람에게 직접 표현할 용기도 생겼다.

브레인컬러 상담에서 선생님이 강조하신 말씀이 떠오른다. "BG 컬러의 균형은 반복과 기록에서 힘을 얻어요. 창우는 기록을 통해 감정을 정리하고, 균형을 되찾을 수 있는 사람이에요." 감사 일기는 그 말씀의 실천이자 증거였다.

돌아보면, 거창한 목표나 극적인 사건이 아니라, 작은 습관 하나가 나를 바꾸어 왔다. 감사라는 이름의 씨앗은 매일매일의 기록 속에서 자라나, 내 삶의 토양을 더 기름지게 만들고 있었다. 그리고 나는 이제 안다. 앞으로 어떤 어려움이 닥쳐와도, 나는 매일의 작은 감사를 붙잡으며 버틸 수 있다는 것을.

9

원칙과 미래의 설계

봄의 현재, 내가 서 있는 자리

지금 나는 열 일곱 살, 인생의 봄 한가운데에 서 있다. 누군가는 아직 어리다고 말할 수 있겠지만, 내게는 이미 많은 경험과 배움이 켜켜이 쌓여 있다. 리조트에서의 유년기, 아버지의 가르침, 학급 회장으로 서의 리더십, 공부와 루틴, 친구 들과의 갈등과 화해, 그리고 브레인컬러 상담까지. 돌이켜 보면 짧은 시간이지만, 그 안에서 나는 끊임없이 배우고, 넘어지고, 다시 일어서며 나를 단단하게 다져왔다.

아버지께서 늘 강조하신 말씀이 있다. "준비하라, 질문하라, 그리고 시스템을 갖춰라." 그 말씀은 내 삶의 나침반처럼 늘 마음속에 자리 잡고 있다. 시험공부를 할 때도, 친구 들과의 관계에서 어려움을 겪을 때도, 나는 스스로에게 묻는다. '이게 최선일까? 확실할까?' 그 질문은 나를 더 깊이 생각하게 만들고, 답을 찾는 힘을 키워준다.

브레인컬러 상담을 통해 배운 것도 지금의 나를 이해하는 데 큰 도움이 되었다. 나는 BG 컬러의 균형을 가진 사람, 차분하게 구조를 만들고 반복 속에서 힘을 얻는 사람이다. 동시에 Yg 컬러가 주는 따뜻함으로 관계에 감수성을 더할 수 있다. 이 조합은 내가 어떤 방식으로 공부해야 하는지, 어떤 환경에서 성장하는지, 어떤 친구로 남을 수 있는지를 알려준다.

지금의 나는 완성된 모습이 아니다. 오히려 '만들어지고 있는 과정'에 가깝다. 매일의 습관, 감사의 기록, 관계 속에서의 작은 조율들이 모여 나라는 사람이 조금씩 다듬어지고 있다. 때로는 불안도 느끼고, 흔들리기도 하지만, 그 순간조차도 나를 더 크게 성장시키는 밑거름이라고 믿는다.

봄의 현재, 나는 아직 한창 피어나는 꽃과 같다. 아직 완전히 만개하지 않았지만, 햇빛과 바람, 비와 구름 속에서 조금씩 색을 입어가고 있다. 그리고 그 색은 언젠가 나만의 빛깔이 되어, 세상에 나를 드러내게 될 것이다.

불완전함 속에서 배우는 용기

나는 완벽하지 않다. 이 사실을 받아들이는 데 시간이 걸렸지만, 지금은 오히려 그것이 내 성장의 출발점이라는 걸 안다. 시험 준비를 아무리 철저히 해도 실수는 생기고, 친구들에게 최선을 다해도 오해는 쌓인다. 그런 불완전함 앞에서 예전에는 자꾸 숨고 싶었다. 하지만 지금은 그 안에서 배우고자 한다.

아버지께서는 종종 이렇게 말씀하신다. "창우야, 불완전하다는 건 네가 아직 가능성이 열려 있다는 뜻이야." 그 말이 내 마음에 오래 남았다. 완벽은 끝을 의미하지만, 불완전은 아직 길이 남았다는 증거라는 것이다. 그래서 나는 내 안의 빈틈을 두려워하기보다, 그것을 채워가는 과정을 즐기기로 했다.

학교생활 속에서도 이런 깨달음을 얻을 기회가 있었다. 학급회장으로 활동할 때, 한 번은 준비했던 행사가 엉망으로 흘러간 적이 있다. 발표 순서를 잘못 전달해서 친구들이 우왕좌왕했고, 선생님께도 지적을 받았다. 순간 얼굴이 화끈거렸고, 땅속으로 숨고 싶었다. 그런데 그날 집에 돌아와 아버지께 말씀드리니, 아버지는 조용히 웃으시며 이렇게 말씀하셨다. "실수했구나. 그런데 그 실수를 어떻게 복구할 수 있었는지가 더 중요해." 그 순간, 나는 '실패를 통해 배우는 힘'이 있다는 것을 몸으로 느꼈다.

브레인컬러 상담에서 선생님이 해 주신 말씀이 떠오른다. "창우는 반복과 성찰을 통해 더 단단해 지는 사람입니다." 그 말처럼, 나는 실패를 반복 속의 기회로 삼아 다시 시도하는 법을 배우고 있다. 한 번의 실수는 나를 무너뜨리지 않는다. 오히려 나를 더 유연하게 만들고, 용기를 키우는 밑거름이 된다.

불완전한 나를 인정하는 순간, 나는 한결 자유로워졌다. 더 이상 모든 것을 완벽히 해내야 한다는 압박에서 벗어나, 시도할 수 있는 용기가 생겼다. 때로는 틀리고, 때로는 넘어지지만, 그것이 곧 내가 자라는 증거라는 믿음을 품고 앞으로 나아간다.

작은 성취가 주는 큰 의미

살아가면서 꼭 거창한 성과만이 의미 있는 것은 아니다. 오히려 작은 성취들이 모여 나를 지탱해 주고, 하루를 살아갈 힘을 준다는 것을 조금씩 깨닫고 있다.

예를 들어, 수학 문제집을 풀 때 예전에는 한 단원을 끝내야만 뿌듯함을 느꼈다. 하지만 지금은 단 한 문제라도 제대로 이해하고 넘어가는 순간에 큰 만족을 느낀다. 그 작은 이해가 모여서 나중에 더 큰 그림을 그릴 수 있다는 것을 알게 되었기 때문이다. 시험 준비도 마찬가지였다. 예전에는 성적표에 찍힌 숫자만 바라보았다면, 이제는 매일 30분이라도 꾸준히 공부 시간을 채워가는 과정 자체에서 성취감을 느낀다.

아버지께서는 늘 강조하셨다. "큰 목표는 작은 성취가 쌓여서 만들어지는 거야." 이 말은 단순한 조언이 아니라, 지금 내 삶의 원칙이 되었다. 당장 눈앞에 결과가 보이지 않아도, 작은 걸음을 계속 내딛는 것이 결국 멀리 가는 길이라는 믿음을 갖게 해준다.

브레인컬러 상담에서 제안받은 '오늘 가장 집중한 일 세 가지 기록하기' 루틴도 나에게는 작은 성취의 상징이다. 그날 한 일을 정리하다 보면, 생각보다 많은 것을 해냈다는 걸 발견하게 된다. 하루가 결코 헛되지 않았다는 깨달음이, 다음 날을 시작하는 원동력이 된다.

작은 성취를 소중히 여기는 태도는 나를 더 단단하게 만들었다. 예전에는 큰 성과를 내야만 인정받는다고 생각했지만, 이제는 그 길목마다 쌓아가는 작은 성공들이 내 인생의 보석 같은 순간임을 안다. 그리고 이 작은 성취들이 모여 언젠가는 큰 성취를 이룰 수 있다는 확신을 품게 된다.

관계 속에서 발견한 나의 역할

나는 항상 관계 속에서 나의 위치를 고민해왔다. 친구들 사이에서 너무 앞서 나가면 튀어 보일까 걱정되고, 너무 뒤로 물러서면 소외될까 불안했다. 그러다 보니 자연스럽게 '중간'이라는 자리에 서게 된 것 같다. 양쪽 이야기를 듣고, 서로의 입장을 이해시키며, 갈등이 커지지 않도록 조율하는 역할.

처음엔 그게 마냥 부담스러웠다. 왜 나만 이런 자리에 서야 할까 하는 생각이 들기도 했다. 하지만 시간이 흐르면서 깨 달았다. 이건 억지로 떠맡은 역할이 아니라, 나 스스로 가장 잘할 수 있는 자리라는 사실을.

브레인컬러 상담에서 선생님은 내게 이렇게 말씀해 주셨다. "창우는 감정에 휘둘리지 않고 상황을 정리할 수 있는 힘이 있어요. 그렇기 때문에 사람들 사이에서 자연스럽게 균형을 잡는 조율자의 역할을 하게 되는 거예요.” 그 말을 들으며 마음이 한결 가벼워졌다. 내가 괜히 억울해서 떠안는 게 아니라, 나에게 꼭 맞는 자리였다는 걸 알게 되었기 때문이다.

예를 들어, 체육대회 준비 과정에서 반 친구들이 의견 충돌로 크게 다툰 적이 있다. 어떤 팀은 이기기 위해 전략을 중시했고, 또 다른 팀은 모두가 즐기는 것을 원했다. 그때 나는 양쪽 이야기를 다 들어주고, “이왕이면 전략도 세우고, 동시에 모두가 즐길 수 있는 방법을 찾아보자”고 제안했다. 결국 두 가지 의견을 절묘하게 섞은 방식이 채택되었고, 친구들은 서로를 이해하며 웃을 수 있었다. 그 순간 나는 깨 달았다. 누군가의 목소리를 대신 들어주는 것, 그것이 나의 중요한 역할이라는 것을.

관계 속에서 발견한 나의 역할은 단순한 ‘중재자’가 아니다. 서로 다른 목소리가 모여 하나의 화음을 만들어내는 데 필요한 ‘조율 자’다. 음악에서 조율이 없다면 연주가 어긋나듯, 인간관계에서도 조율이 없다면 어울림이 깨진다. 나는 그 어울림을 지켜내는 작은 힘을 가진 사람이라는 사실에 감사한다.

신뢰가 쌓이는 순간

내가 사람들과 관계를 맺으며 가장 크게 배운 것 중 하나는 ‘신뢰’였다.

신뢰는 한순간에 얻어지는 게 아니었다. 오히려 사소한 순간들의 반복이 쌓여야만 비로소 만들어졌다. 친구와 약속한 시간에 늦지 않는 것, 맡은 일을 끝까지 책임지는 것, 감정을 숨기지 않고 솔직하게 이야기하는 것. 이런 단순한 행동들이 모여 신뢰라는 보이지 않는 다리를 만들어 갔다.

학급회장을 하면서 특히 이 점을 절실히 깨 달았다. 반 친구들은 내가 언제나 올바른 선택을 하리라 믿고 따라주었는데, 그 신뢰를 깨뜨리지 않기 위해 나는 더 신중 해졌다. 때로는 내 의견을 관철하고 싶을 때도 있었지만, 친구들의 목소리를 듣고 반영하는 게 더 중요하다는 걸 알았다. 그 과정을 통해 신뢰는 단순히 나 혼자 잘해서 생기는 게 아니라, 서로의 이야기를 귀 기울여 주는 과정에서 자라난다는 걸 배웠다.

브레인컬러 상담에서 들었던 코칭 메시지가 떠오른다. "창우는 묵묵히 중심을 지키는 힘이 있어요. 신뢰 란, 그렇게 한결같은 태도에서 비롯되는 거예요." 그 말은 나를 단단하게 붙잡아주었다. 나는 언제나 큰 사건보다 작은 꾸준함이 더 중요하다는 것을 알게 되었다.

나에게 신뢰는 마치 계절의 봄비 같다. 눈에 잘 띄지는 않지만, 시간이 흐르면 땅속 깊이 스며들어 뿌리를 자라게 한다. 그렇게 자라난 신뢰는 결국 관계라는 나무를 튼튼하게 세우고, 그 위에 무성한 잎과 꽃을 피우게 만든다.

10
역사에서 찾은 미래

용기의 다른 이름, 책임

나는 늘 조용한 성격이라고 평가받았다. 말수가 적고 앞에 나서는 걸 좋아하지 않는 나에게 '용기'라는 단어는 한동안 어울리지 않는 것처럼 느껴졌다. 하지만 시간이 흐르면서 나는 용기가 꼭 큰 목소리를 내는 것만은 아니라는 사실을 배웠다.

특히 학급회장을 맡았을 때, 나는 매번 작은 용기의 의미를 깨 달았다. 회의에서 친구들이 서로 의견이 엇갈려 팽팽한 긴장감이 돌 때, 누군가 먼저 한 발짝 내딛어야 했다. 그때마다 나는 떨리는 목소리 로라도 "잠깐만, 우리 차근차근 정리해보자"라고 말하곤 했다. 그것이 용기였다. 친구들 앞에서 내 목소리를 내는 것, 누군가를 대신해 책임을 지고 정리하는 것.

아버지께서 자주 하시던 말씀이 있다. "책임을 맡는 순간, 너는 이미 용기를 내고 있는 거다." 그 말은 내 마음에 깊이 남았다. 용기는 무모한 도전이나 화려한 행동이 아니라, 맡은 자리에서 끝까지 흔들리지 않는 태도에서 비롯된다는 것을 알게 된 것이다.

브레인컬러 상담에서도 나는 BG 컬러의 사고와 균형이 강점이라는 피드백을 받았다. 쉽게 흔들리지 않고 상황을 차분하게 바라볼 수 있는 성향 덕분에, 사람들 사이에서 책임을 맡을 수 있는 힘이 생겼다. 책임을 다하는 것은 곧 용기를 다하는 것이었다.

이제 나는 안다. 조용한 사람도 충분히 용감할 수 있다는 걸. 그리고 그 용기는 언제나 책임이라는 또 다른 이름으로 나를 성장시켜 왔다.

불안과 마주한 나만의 방식

나는 불안을 자주 느낀다. 시험공부를 할 때, 발표를 앞두고 있을 때, 혹은 친구와 사소한 갈등이 생겼을 때도 그렇다. 마음속 깊은 곳에서 알 수 없는 떨림이 올라오고, 가슴이 두근거려 아무것도 집중할 수 없을 때가 있다. 처음에는 이 감정을 무조건 피하고 싶었다. 하지만 시간이 지나면서 나는 불안을 피하는 대신, 정면으로 마주하는 법을 조금씩 배워갔다.

브레인컬러 상담에서 선생님은 내게 불안은 결코 약점이 아니라는 이야기를 해 주셨다. "불안은 너의 마음이 더 단단해 지고 싶다는 신호야. 그 순간을 받아들이고, 그 안에서 스스로를 조율하면 돼." 그 말은 내 사고방식에 큰 변화를 가져왔다. 예전에는 불안이 나를 흔드는 장애물이라고 생각했지만, 지금은 그것이 성장의 신호라는 걸 알게 된 것이다.

그래서 나는 작은 실험들을 시작했다. 시험 전날, 불안이 밀려올 때마다 노트에 그날 공부한 내용을 다시 정리하며 내 마음을 차분히 다잡았다. 발표를 앞두고 긴장이 심할 때는 호흡을 크게 세 번 고르고, 조용히 "괜찮아,

네가 준비한 만큼 보여주면 돼"라고 속으로 되뇌었다. 이런 루틴은 단순한 습관이 아니라, 내 불안을 다스리는 나만의 솔루션이 되었다.

아버지 역시 불안에 대한 특별한 가르침을 주셨다. "창우야, 불안은 네가 성장하려는 증거다. 불안이 없다면 너는 도전하지 않는 거야." 이 말씀은 내게 도전과 불안이 항상 함께한다는 사실을 깨닫게 했다. 불안이 있다는 건 내가 새로운 길을 걷고 있다는 의미였고, 그 길 위에서 나는 더 단단해 지고 있었다.

이제 나는 불안을 두려워하지 않는다. 물론 여전히 불안은 찾아오지만, 그때마다 나는 그것을 기록하고, 호흡하고, 차분히 받아들이는 법을 안다. 불안은 나를 무너뜨리는 것이 아니라, 나를 더 깊이 이해하게 하고, 앞으로 나아가게 만드는 또 하나의 에너지라는 걸 알게 되었다.

불안을 넘어, 자신감을 쌓다

불안과의 싸움은 언제나 쉽지 않았다. 하지만 불안을 다루는 방법을 조금씩 터득하면서, 나는 동시에 자신감을 쌓는 법도 배워갔다. 사실 자신감이란 하늘에서 뚝 떨어지는 선물이 아니라, 불안과 부딪히고 넘어지고 다시 일어서는 과정 속에서 쌓여가는 벽돌과도 같았다.

예를 들어, 학급회장 선거 때를 떠올리면 아직도 가슴이 두근거린다. 친구들 앞에서 연설을 해야 했고, 모두의 시선을 받는 자리가 낯설고 두려웠다. 손바닥에 땀이 맺히고, 목소리가 떨려 제대로 말할 수 있을까 걱정이 밀려왔다. 하지만 그 순간 아버지의 말씀이 떠올랐다. "준비한 만큼만 보여주면 된다. 완벽할 필요 없어, 진심이면 돼." 나는 용기를 내어 한 문장, 또 한 문장을 이어갔고, 결국 연설을 마칠 수 있었다. 그때의 작은 성공은 내 마음 속 자신감의 씨앗이 되었다.

브레인컬러 상담에서 선생님은 내 행동 컬러 중 하나가 YG, 즉 관계 감수성이라고 말씀해 주셨다. 남들이 나를 어떻게 바라보는지가 내게 영향을 주지만, 동시에 그 시선을 긍정적인 힘으로 전환할 수도 있다는 것이다. 그 말을 들은 이후, 나는 사람들 앞에 서는 상황을 두려움의 무대가 아닌 성장의 무대로 바꿔 보기로 했다. 긴장감 속에서도 "이 자리는 나를 더 크게 성장시킬 기회야"라고 스스로에게 말하며 불안을 자신감으로 바꾸는 연습을 한 것이다.

물론 완전히 불안이 사라진 건 아니다. 여전히 발표 전날이면 심장이 빨리 뛰고, 예상치 못한 상황이 오면 마음이 흔들린다. 하지만 그 불안 속에서 나는 작게 나마 내 목소리를 내고, 한 걸음을 내딛는다. 그러다 보면 어느새 '나도 할 수 있구나'라는 확신이 쌓인다. 작은 성공이 쌓여 큰 자신감이 되고, 그 자신감이 다시 다음 도전을 이끌어준다.

나는 이제 안다. 자신감이란 불안을 이겨낸 사람이 얻는 또 다른 이름이라는 것을. 그리고 이 자신감은 앞으로도 내 인생의 봄을 단단하게 지탱해 줄 가장 든든한 기둥이 될 것이다.

나를 지켜주는 작은 습관들

예를 들어, 하루가 끝나기 전 노트에 "오늘 잘한 일 세 가지"를 적는 습관이 있다. 처음에는 단순히 선생님의 권유로 시작했지만, 지금은 내 하루를 정리하고 마음을 다독이는 중요한 의식이 되었다. 시험공부에 집중한 시간, 친구와 나눈 따뜻한 대화, 아버지와 함께한 짧은 산책조차 기록하다 보면, 그날이 결코 허투루 지나간 것이 아님을 알게 된다.

또 하나는 조용히 사색하는 시간이다. 공부가 잘 풀리지 않거나 마음이 복잡할 때, 나는 방 창가에 앉아 하늘을 바라본다. 하늘의 색깔이 시간에 따라 달라지는 모습을 지켜보는 것만으로도 마음이 정리된다. 때로는 로 파이 음악을 틀어두고 눈을 감고 있으면, 생각이 정리되고 다시 집중할 힘이 생긴다.

이런 작은 습관들은 나를 지탱하는 기둥과 같다. 큰 성공이나 특별한 사건이 아니라, 반복되는 일상 속에서 나를 잃지 않게 붙들어 준다. 그리고 이런 습관들이 모여 내 성격을, 나의 태도를, 더 나아가 내 인생을 만들어 간다.

작은 습관이 쌓여 큰 힘이 되듯, 나는 지금 이 순간도 내 삶의 밑그림을 그리고 있다고 믿는다. 언젠가 이 습관들이 나를 더 단단하게 하고, 더 멀리 나아가게 할 것이라는 것을 안다.

불안과 마주한 나만의 방식

불안은 누구에게나 찾아오는 손님 같다. 다만, 그 손님이 언제 오는지, 얼마나 오래 머무는지는 사람마다 다르다. 나에게 불안은 주로 시험을 앞두었을 때, 혹은 내가 세운 계획이 뜻대로 흘러가지 않을 때 찾아온다. 마치 마음속에 작은 파도가 일렁이며 모든 생각을 흔들어 놓는 듯한 기분이다.

처음에는 그 불안이 너무 낯설고 무거워서 도망치고 싶었다. 하지만 아버지께서 늘 하시던 말씀이 있었다. "불안을 피하지 마라. 그것을 품어야 한다." 그 말은 단순한 위로가 아니라 방향을 알려주는 지도 와도 같았다. 그래서 나는 불안을 직면하는 연습을 조금씩 시작했다.

방법은 단순하다. 우선 마음이 흔들릴 때 "나는 지금 불안하다"라고 인정하는 것이다. 그리고 그 감정이 나를 무너뜨리는 것이 아니라, 오히려 성장의 신호일 수 있다는 점을 떠올린다. 불안은 내가 아직 도전하고 있다는 증거이며, 아직 배워야 할 길이 있다는 알람이기도 하다.

브레인컬러 상담에서도 나는 BG 컬러의 안정성이 나를 붙들어 준다는 이야기를 들었다. 균형 잡힌 사고와 반복적인 루틴이 불안을 줄여준다는 것이다. 그래서 나는 불안할 때일수록 루틴을 지키려고 노력한다. 작은 계획을 세우고, 그것을 하나씩 실천해 나가며 다시 마음의 균형을 되찾는다.

물론 완벽하진 않다. 때로는 불안에 휩쓸려 무기력해질 때도 있다. 하지만 그 순간에도 나는 안다. 이 불안은 언젠가 나를 더 단단하게 만들어 줄 것이고, 오늘의 불안은 내일의 힘으로 바뀔 수 있다는 것을.

11
나의 길과 다짐

봄의 끝자락을 어떻게 준비할까?

나는 아직 인생의 봄 한가운데에 서 있다. 하지만 동시에 언젠가는 이 계절의 끝자락을 맞이하게 될 것이라는 사실을 잘 알고 있다. 봄은 시작과 배움의 계절이다. 어린 시절 리조트에서의 추억, 아버지의 끊임없는 가르침, 학교에서의 리더십 경험, 공부와 루틴 속에서 배운 인내와 성찰… 이 모든 것들이 내 봄을 채우는 씨앗들이었다. 그렇다면 앞으로 남은 봄, 그리고 그 끝자락은 어떻게 준비해야 할까?

아버지는 늘 "계절을 헛되이 보내지 말라"고 말씀하셨다. 꽃은 봄에 피워야 하고, 열매는 가을에 맺힌다. 만약 봄에 뿌리지 않고, 여름에 가꾸지 않는다면 가을의 수확은 있을 수 없다. 그 말씀을 곱씹어 보면, 지금 내가 해야 할 일은 명확하다. 나의 봄을 단단히 채우는 것이다.

나는 우선 나 자신을 더 깊이 이해하는 데 집중하려 한다. 브레인컬러 상담에서 배운 대로, 나의 기질과 성향을 존중하고 그것을 강점으로 발전시키는 것이다. BG 컬러가 주는 균형과 차분함, Yg 컬러가 주는 따뜻한 감수성, 이 두 가지가 함께 자라날 수 있도록 루틴과 훈련을 이어가고 싶다.

또한 29세까지, 나만의 목표를 단계적으로 세우고 싶다. 단순히 좋은 대학에 가고, 안정적인 직업을 갖는 것에 그치지 않고, 아버지가 강조하신 '존경받는 삶'을 실천하는 방향으로 나아가야 한다. 지식과 사랑이 함께하는 삶, 그것이 내가 준비해야 할 봄의 마지막 모습이라고 믿는다.

봄은 끝을 향해 달려가지만, 그 끝은 새로운 계절의 시작이기도 하다. 나는 봄의 끝자락을 두려워하지 않는다. 오히려 그 끝이 내 여름을 부르고, 또 다른 성장을 향해 나를 밀어줄 것이라는 믿음이 있다. 그러므로 지금은 오늘의 불안을 품고, 오늘의 작은 성취를 쌓으며, 내일의 계절을 준비하는 것. 그것이 내가 맞이할 봄의 마지막 풍경일 것이다.

봄의 끝자락을 준비하며

봄은 언젠가 여름으로 이어진다. 그러나 봄을 제대로 살지 못하면 여름은 힘겹다. 아버지께서는 늘 역사와 인생을 연결 지어 말씀해 주셨다. "대한민국은 추격국가로 살다가 이제 선도국가로 나아가야 한다. 개인의 삶도 마찬가지다. 남을 따라가는 인생이 아니라, 앞장서서 길을 내는 삶을 살아야 한다."

이 말씀을 들을 때마다 나는 내 봄이 얼마나 중요한지 느낀다. 지금 내가 선택하는 작은 습관, 하루하루의 루틴, 친구들 과의 대화 하나하나가 나의 여름을 결정짓는다. 그래서 나는 나의 봄을 결코 가볍게 보내고 싶지 않다.

브레인 솔루션에서 배운 루틴들을 돌아본다. 하루에 한 번, 내가 가장 집중한 일을 기록하는 것. 관계 속에서 먼저 인사하거나 감사 인사를 전하는 것. 자연이나 음악을 통해 나를 회복하는 것. 이 단순한 실천들이 쌓여 나를 더 단단하게 만들고 있다.

나는 이 과정을 통해 '내가 어떤 사람인지'를 배웠고, '내가 어떤 사람이 되고 싶은 지'를 조금씩 그려가고 있다. 봄의 끝자락에서 나는 더 이상 흔들리는 아이가 아니라, 질문을 던지고 답을 찾아가는 청년이 되어 있을 것이다.

나의 다짐

29세까지 나는 크게 성공하지 않아도 괜찮다. 다만 나 자신을 잃지 않는 사람이 되고 싶다. 환경에 흔들리지 않고, 관계에 치여 무너지지 않고, 내 안의 중심을 지키는 사람. 그것이 내가 바라는 가장 큰 목표다.

아버지께서 늘 말씀하셨다. "사랑으로 힘을 얻고, 지식으로 길을 잡아야 한다." 나에게 사랑은 가족이고, 친구들이며, 나를 응원하는 모든 이들이다. 그리고 지식은 내가 앞으로 걸어갈 길을 밝혀주는 등불이다. 이 두 가지를 놓치지 않는다면, 나는 어떤 계절이 와도 당당히 맞이할 수 있을 것이다.

그래서 오늘도 나는 내 봄을 준비한다. 내일의 나를 위해 묵묵히, 그러나 단단하게.

구체적인 미래 설계

내 인생의 봄은 아직 진행 중이지만, 나는 지금 이 시점에서 분명한 그림을 그리고 싶다. 아버지께서 강조하신 "준비, 질문, 시스템"이라는 세 가지 원칙은 내 삶의 좌표와 도 같다. 그래서 29세까지 나는 이 원칙을 바탕으로 나만의 인생 설계도를 그리고 싶다.

먼저 '준비'란 단어는 단순히 시험공부나 진로 준비만을 뜻하지 않는다. 나에게 준비란, 내가 언제 어떤 상황에 놓이더라도 흔들리지 않게 나를 다지는 과정이다. 지식의 준비, 체력의 준비, 마음의 준비까지. 그것은 작은 습관에서 시작된다. 하루 30분 독서를 이어가고, 기록하는 습관을 멈추지 않고, 감사할 일을 적어 내려가는 것. 이런 준비가 쌓이면, 나도 모르는 사이에 내 안에 단단한 기반이 만들어질 것이라 믿는다.

둘째, '질문'은 내가 세상을 살아가는 방식이다. 아버지께서 늘 말씀하셨듯이, 답보다 중요한 건 올바른 질문을 던지는 일이다. 나는 이미 경험을 통해 배웠다. 단순히 '왜?'라고 묻는 순간, 보이지 않던 길이 열리고, 문제의 본질이 드러난다는 사실을. 앞으로도 나는 질문을 멈추지 않을 것이다. 나 자신에게, 세상에게, 그리고 미래에게 끊임없이 묻고 싶다. "나는 어디로 가고 있는가?", "내가 하는 일이 진짜 가치 있는 일인가?" 이런 질문들이 내 삶의 나침반이 되어줄 것이다.

셋째, '시스템'은 내가 앞으로 만들어야 할 구조다. 즉흥적인 열정에 그치지 않고, 반복 가능한 나만의 시스템을 세우는 것. 공부도, 인간관계도, 삶의 균형도 모두 시스템 안에서 유지될 때 지속 가능하다. 예를 들어 공부의 경우 '정리-반복-응용'이라는 나만의 3단계 시스템을 이미 만들어 가고 있다. 관계에서도 '경청-공감-표현'이라는 나만의 루틴을 실험 중이다. 이런 작은 시스템이 쌓이면, 결국 25세의 나는 지금보다 훨씬 성숙하고 안정적인 사람이 되어 있을 것이다.

25세까지 나는 큰 성공을 이루지 못해도 괜찮다. 오히려 조급하게 성공을 좇기보다는, 내 안의 기초를 단단히 세우는 것이 더 중요하다고 생각한다. 성공은 언제든 조건이 맞으면 찾아올 수 있지만, 흔들리지 않는 내적 토대는 하루아침에 만들어지지 않는다. 내가 꿈꾸는 것은 화려한 성취가 아니라, 어떤 상황에서도 나 답게 설 수 있는 힘이다.

그리고 나는 내 삶을 '조율 자'라는 정체성으로 살아가고 싶다. 다양한 목소리가 얽히는 세상에서, 갈등을 줄이고 균형을 맞추는 역할. 그것이야 말로 내가 가진 가장 큰 힘이고, 앞으로도 내가 세상에 기여할 수 있는 방법이라고 믿는다.

29세의 나는 아마 지금보다 훨씬 더 많은 사람을 만나고, 더 넓은 세상을 경험할 것이다. 그 과정에서 때로는 넘어지고, 흔들릴 수도 있겠지만, 오늘의 다짐이 나를 붙잡아줄 것이다. 준비하고, 질문하고, 시스템을 갖추는 삶. 그것이 내 인생 봄의 설계이자, 앞으로 맞이할 여름을 위한 토대다.

나를 지탱하는 두 기둥: 사랑과 지식

내가 지금까지 걸어온 길을 돌아보면, 나를 단단하게 붙들어 준 두 가지 기둥이 있었다. 그것은 바로 사랑과 지식이다. 아버지께서도 늘 강조하시던 말씀이 있다. "사랑으로 힘을 얻고, 지식으로 길을 잡아라." 나는 이 짧지만 강렬한 문장을 내 삶의 좌우명처럼 붙잡고 있다.

먼저, 사랑은 나를 살아가게 하는 에너지다. 어린 시절부터 나는 부모님의 따뜻한 품 속에서 자랐다. 단순히 물질적인 풍요가 아니라, 하루하루 내 곁에 있어 주신 존재감, "괜찮다, 너는 할 수 있다"는 격려의 말이 나를 지탱해 주었다. 가끔은 말로 표현하지 못했지만, 아버지와 함께한 캠핑 카 여행, 어머니가 건네주 신 따뜻한 식사 한 끼, 그것이 곧 사랑이었다. 지금도 힘들 때면 그 기억들이 떠올라 내 마음을 다잡아 준다.

또한 사랑은 가족을 넘어 친구들 과의 관계 속에서도 발견된다. 나는 조용하고 낯을 가리는 성격이지만, 시간이 지나면서 가까운 친구들과는 깊은 신뢰를 쌓았다. 시험기간에 서로를 도와 문제를 풀어주던 순간, 체육대회에서 한마음으로 응원하던 순간, 작은 농담에 함께 웃던 순간들. 이런 일상 속의 작은 사랑이 나를 외롭지 않게 만들었고, 내가 '조율 자'로서 관계를 이어갈 수 있는 힘을 주었다.

두 번째 기둥은 지식이다. 사랑이 마음을 채워주는 힘이라면, 지식은 나의 길을 비추는 등불이었다. 초등학교 때는 단순히 점수를 잘 받기 위해 공부했지만, 지금은 조금 다르다. 지식은 단순한 정보가 아니라, 세상을 이해하는 방식이라는 걸 알게 되었다. 책 속에서 만난 위인들의 이야기는 내가 어떤 삶을 살아야 하는지 방향을 제시해 주었고, 수학 문제를 푸는 과정은 끈기의 가치를 가르쳐 주었다. 심지어는 실패한 실험이나 틀린 문제조차도 나에게는 소중한 배움 이었다.

아버지께서 말씀하신 대로, 사랑과 지식은 따로 떨어진 것이 아니다. 사랑 없는 지식은 차갑고, 지식 없는 사랑은 쉽게 방향을 잃는다. 두 가지가 함께할 때 비로소 삶은 풍성해진다. 나는 지금 이 두 기둥을 더욱 튼튼히 세우는 과정 속에 있다.

앞으로의 10년, 나는 어떤 상황에 놓이든 사랑과 지식을 잃지 않고 싶다. 사랑으로 사람들을 품고, 지식으로 세상을 더 깊이 이해하는 삶. 그것이 내가 바라는 진짜 성공이다. 아무리 빠른 길이 눈앞에 보여도, 이 두 가지를 잃는다면 그것은 나에게 성공이 아니라 공허함 일뿐이다.

그래서 나는 매일 스스로에게 묻는다. "오늘 나는 사랑을 나눴는가? 오늘 나는 새로운 것을 배웠는가?" 이 두 질문이 습관이 된다면, 나는 분명히 올바른 방향으로 나아가고 있을 것이다. 내 인생의 봄이 끝나고 여름이 시작될 때, 나는 이 두 기둥 위에 더 큰 건물을 세울 준비가 되어 있을 것이다.

브레인컬러 상담이 준 의미

내가 내 자신을 더 깊이 이해할 수 있었던 계기는 국제브레인컬러교육협회의 상담 경험이었다. 그때 나는 토1형 실천형 기질, BG 사고 컬러, BG-YG-BG 행동 컬러라는 분석을 받았다. 처음엔 다소 낯설었지만, 설명을 들을 수록 내가 왜 그렇게 행동하는지, 왜 조율자의 역할을 자주 맡게 되는지 이해할 수 있었다.

특히 "BG 컬러가 주는 균형감각"이라는 말은 내 마음에 오래 남았다. 나는 늘 차분히 상황을 정리하고, 조용히 중심을 잡으려 한다. 그게 바로 내 컬러가 가진 힘이었다. 또한 Yg 컬러가 주는 관계 감수성 덕분에, 나는 따뜻한 말 한마디로 누군가의 마음을 열 수 있었다.

이 상담을 통해 나는 내 장점과 단점을 더 명확히 보게 되었다. 조율자의 강점은 갈등을 줄이고 신뢰를 쌓는 것이지만, 때로는 내 감정을 숨기는 약점으로 이어지기도 한다. 그래서 나는 앞으로 더 적극적으로 감정을 표현하고, 동시에 조율자의 본질을 살리는 방향으로 나아가고 싶다.

국제브레인컬러교육협회에서 받은 상담은 내게 중요한 전환점이었다. 결과는 토1형 실천형 기질, BG 사고 컬러, BG-Yg-BG 행동 컬러. 선생님은 "창우는 조용하지만 중심이 단단하고, 구조를 짜고 시스템으로 성과를 내는 타입"이라고 하셨다. 그 말은 내 일상의 많은 장면을 설명해 주었다. 아이디어 회의에서 말이 적은 대신 화이트보드에 흐름도를 그려 토론을 정리하던 습관, 친구들 갈등에서 감정의 온도를 낮추고 사실의 순서를 세우던 태도, 시험 전날 계획표를 새로 짜며 불안을 줄이던 방식. 나는 나를 오해하고 있었던 것 같다. 말이 적어서 소극적인 게 아니라, 구조를 먼저 찾는 성향이 강했던 것뿐이었다.

상담은 실행 해법도 줬다. BG에게 필요한 건 조용한 정리 시간과 반복 루틴. 그래서 나는 하루에 한 번, 20분만이라도 '사색의 방'을 연다. 휴대폰을 멀리 두고 창밖을 보며 오늘의 핵심을 한 줄로 쓴다. "오늘의 핵심: 정의와 예외를 함께 본다." 같은 문장. 그 다음엔 반복 루틴. 1·3·7일 간격으로 다시 보는 작은 체크박스를 만들어 붙였다. 체크가 쌓이면, 불안은 줄고 자신감이 자란다. Yg의 감수성을 살리기 위해선 표현의 연습이 필요했다. 그래서 나는 감사와 사과를 짧고 구체적으로 적는 습관을 들였다. "오늘 점심 시간 내 얘기 들어줘서 고마웠어.", "내 톤이 높았던 것 같아. 미안해." 이렇게 쓰다 보니, 관계는 더 따뜻해 지고 오해는 빨리 풀렸다.

무엇보다 큰 변화는 자기 이해였다. 나는 더 이상 "왜 나는 이럴까?"로 자책하지 않는다. 대신 "내 색을 어떻게 잘 쓸까?"를 고민한다. 기질은 틀이 아니라 도구다. 도구는 익히면 강점이 된다. 나는 오늘도 내 도구를 연마한다. 조용히, 그러나 단단하게.

봄의 끝 자락에서, 다시 쓰는 나의 다짐

이제 글을 정리하며, 나는 인생의 봄이란 계절을 돌아본다. 봄은 씨앗이 뿌려지고, 뿌리가 자라는 시기다. 아직 열매는 맺지 않았지만, 그 가능성이 가장 뜨겁게 자라는 계절이다.

나는 지금 그 봄 한가운데 서 있다. 때로는 흔들리기도 하고, 불안하기도 하다. 그러나 아버지의 가르침과 나의 다짐, 그리고 브레인컬러 상담을 통해 얻은 자기 이해는 나를 다시 일으켜 세운다.

앞으로 나의 봄은 더 많은 도전을 품을 것이다. 공부와 경험, 관계와 성찰 속에서 나는 나 자신을 더 단단히 세울 것이다. 그리고 29세가 되었을 때, 나는 "나는 내 봄을 잘 살았다"라고 말할 수 있기를 바란다.

나는 아직 고등학생이지만, 마음속에서는 늘 스스로에게 묻는다. "29세의 나는 어떤 모습일까?" 눈을 감고 그려보면, 화려한 직함을 가진 인물이라기보다 꾸준히 자기 길을 걸어온 단단한 청년이 떠오른다. 누군가의 인정을 받기 위해 애쓰는 사람이 아니라, 내 삶의 무게를 스스로 감당하며 묵묵히 걸어온 사람. 그것이 내가 되고 싶은 미래다.

지금의 나는 여전히 흔들린다. 시험 성적 하나에 하루가 좌우되기도 하고, 친구와의 작은 오해에 마음이 무너질 때도 있다. 하지만 시간이 흐를수록 깨닫는다. 결국 중요한 건 성적표의 숫자도, 순간의 인기나 평가도 아니라는 것을. 나를 잃지 않고, 나만의 중심을 끝까지 붙잡는 것, 그것 이야말로 인생의 봄을 단단히 마무리하는 첫걸음이다.

아버지께서 자주 하시는 말씀, "사랑으로 힘을 얻고, 지식으로 길을 잡아라"라는 문장은 내 일상의 좌표가 되었다. 사랑은 내 곁을 지켜주는 가족이고, 나를 격려해 주는 친구이며, 선생님들의 따뜻한 가르침이다. 지식은 내가 세상을 이해하고, 또 새로운 길을 열어가는 등불이다. 사랑과 지식이 함께할 때, 나는 어떤 상황에서도 길을 잃지 않을 것이다.

그래서 나는 오늘도 작은 다짐을 한다. 내일의 나를 위해 오늘을 충실히 살자. 남의 기준에 흔들리지 말고, 나의 속도로 걸어가자. 그리고 내 안의 중심을 끝까지 지켜내자. 이 다짐이 쌓일 때, 29세의 나는 지금보다 훨씬 더 단단해 져 있을 것이다.

봄을 지나, 여름을 향해

내가 그리는 29세까지의 그림은 화려한 성공 목록이 아니다. 대신 방향과 깊이를 가진 성장의 궤적이다. 20대 초반에는 학업의 근육을 키운다. 전공의 기초를 넓고 깊게 파고들며, 통계·자료해석·논증 같은 '모든 분야의 공통 기술'을 체계적으로 익힌다. 한 학기 한 편의 '내 논문'을 목표로, 배운 내용을 내 질문으로 재조립한다. 20대 중반에는 교실을 넘어 현장으로 나간다. 인턴십·연구 보조·봉사 프로젝트 등에서 데이터가 실제 문제를 어떻게 바꾸는지, 제도가 사람의 삶에 어떻게 닿는지 몸으로 배운다. 결과보다 과정을 중시하되, 과정의 기록을 결과물로 남긴다.

포트폴리오에는 성취보다 실패와 수정의 발자국도 담는다. 그게 내가 진짜 배운 증거다.

관계의 목표도 분명하다. 넓은 네트워킹 대신, 깊은 신뢰의 동료를 만든다. 서로의 약점을 감추지 않고, 강점을 나눌 수 있는 몇 사람. 시험기간이면 문제를 나눠 푼다 기보다 이해를 나눌 수 있는 관계. 갈등이 생겨도 피하지 않고, 느리더라도 끝내 대화로 합의를 만드는 사이. 이런 관계가 주는 힘은 생각보다 크다. 외풍이 거셀 때, 중심을 지켜 주는 건 구호가 아니라 사람이다.

삶의 리듬도 설계한다. 주간 단위로 집중의 블록을 쌓고, 일간 단위로 회복의 루틴을 배치한다. 일요일 저녁엔 다음 주의 초점을 한 문장으로 정한다. "이번 주의 핵심은 자료 해석의 정확도." 같은 식이다. 그리고 매일 밤엔 오늘 잘한 일 세 가지를 적는다. 한 줄이라도 쓰면, 그날은 헛되지 않았다. 체력은 선택이 아니라 의무다. 주 3회 유산소, 주 2회 근력. 공부의 집중력은 몸에서 나온다는 걸 알게 되었다.

29세의 나는 완성형이 아닐 것이다. 완성은 정지와 닮았다. 내가 원하는 건 이동의 방향이다. 봄의 끝자락에 서서 "나는 오늘도 내 방향으로 걸었다"라고 말할 수 있다면, 그걸로 충분하다. 그 한 걸음이 내일의 두 걸음이 되고, 계절이 바뀌어도 내 보폭은 내 것이 될 테니까.

봄은 언젠가 끝이 난다. 지금은 아직 10대지만, 세월은 빠르게 흐르고 나도 곧 청년이 될 것이다. 29세라는 봄의 마지막 언덕에 다다를 때, 나는 어떤 표정으로 서 있을까? 나는 화려한 성공보다는 진솔한 미소를 짓는 내가 되길 바란다. "나는 내 중심을 지키며, 내 색깔대로 살아왔다." 이렇게 말할 수 있다면 그것으로 충분하다.

여름은 아직 오지 않았지만, 나는 그 문 앞에 서 있는 상상을 자주 한다. 더 많은 책임, 더 큰 도전, 더 넓은 세상이 기다리겠지. 하지만 두렵지 않다. 봄의 시간 동안 내가 배운 사랑과 지식, 아버지의 철학과 나만의 루틴이 있다면, 어떤 여름도 맞이할 준비가 되어 있다고 믿는다.

그래서 나는 오늘도 내 봄을 소중히 보낸다. 작은 실천을 놓치지 않고, 흔들릴 때마다 중심을 다잡으며, 스스로에게 질문을 던지며 하루를 살아간다. 이 반복이 쌓여 내일의 내가 되고, 또 언젠가 여름의 문을 열어젖히는 힘이 될 것이다.

봄의 끝자락에서 나는 이렇게 다짐한다. "나는 나의 길을 간다. 사랑과 지식으로, 질문과 준비로, 그리고 흔들리지 않는 나만의 시스템으로." 그렇게 나의 여름은 시작될 것이다.

| 에필로그 | 계절의 끝에서, 또 다른 시작 앞에서

나는 지금도 인생의 봄 한가운데 서 있다. 부모님의 철학과 사랑, 아버지의 고난 속에서 빛난 유산, 그리고 내 안의 색을 밝혀준 인연들. 그 모든 것이 나를 키운 토양이 되었고, 오늘의 나를 만들어 주었다.

봄은 늘 준비의 계절이었다. 아직 미완이고 서툴렀지만, 그 속에서 나는 무엇을 심고, 어떤 길을 걸어야 할지를 배웠다. 작은 씨앗은 싹을 틔웠고, 이제 더 넓은 세상을 향해 뻗어가려 한다.

머지않아 여름이 올 것이다. 땀과 열정을 요구하는 계절, 넘어짐 속에서도 다시 일어설 용기를 시험하는 계절. 하지만 나는 두렵지 않다. 봄의 설렘과 배움이 내 안에서 단단한 뿌리가 되었기 때문이다.

나는 매일 스스로에게 다짐한다.
"나는 나의 색으로 살아가고, 그 색으로 세상을 밝히는 사람이 되겠다."

내 이야기는 아직 완성되지 않았다. 그러나 이 미완의 여운 속에서 나는 분명히 알고 있다. 여름의 뜨거움, 가을의 결실, 그리고 겨울의 고요까지— 그 모든 계절이 모여 나만의 멜로디가 될 것임을.

그리고 그 멜로디는, 청춘의 지금 이 순간부터 이미 시작되고 있다.

감사의 글

　이 책을 세상에 내놓기까지는 수많은 분들의 따뜻한 격려와 조언이 있었습니다. 제 곁에서 묵묵히 빛이 되어 주신 분들을 떠올리며, 감사의 마음을 글로 남깁니다.

　무엇보다 어린 시절 저를 믿고 지켜봐 주신 **김정순 교장선생님**, 그리고 학창시절 바른 길로 나아갈 수 있도록 늘 따뜻하게 지도해 주신 **김재순 교장선생님**께 깊은 감사를 드립니다. 두 분의 격려와 믿음은 어린 제가 세상 속에서 주눅 들지 않고 자신감을 가질 수 있도록 해 주셨습니다. 선생님들의 말씀 한마디, 따뜻한 눈빛 하나가 제 학창시절의 커다란 힘이 되었음을 잊지 않고 있습니다.

　또한 언제나 엄격하면서도 따뜻한 마음으로 저를 지도해 주신 **성북유도관 윤장은 관장님**께도 감사드립니다. 도장에서의 땀과 훈련은 단순히 기술을 넘어, 인내와 강인함이라는 값진 자산으로 제 안에 남아 있습니다. 넘어지고 다시 일어서기를 반복하며 배운 그 정신은 지금도 제 삶의 중요한 토대가 되고 있습니다.

　그리고 제 안의 내면을 색으로 비춰 주시고, 있는 그대로의 나를 사랑할 수 있는 힘을 길러 주신 **국제브레인컬러교육협회 대표, 컬러모니카 선생님**께도 특별한 감사를 드립니다. 선생님과의 상담을 통해 저는 제 안에 숨어 있던 색을 발견했고, 그 색은 제 삶을 바라보는 새로운 눈과 용기를 선물해 주었습니다. 자신을 이해하는 법을 배우게 된 것은 제 인생의 또 다른 출발점이었습니다.

이렇듯 저를 믿어주고 이끌어 주신 네 분의 가르침과 격려가 없었다면, 이 책 또한 세상에 나오기 어려웠을 것입니다. 제 삶의 한 장 한 장이 그분들의 말씀과 마음에서 자양분을 얻었음을 고백하며, 이 글에 진심 어린 감사의 마음을 담습니다.

그리고 마지막으로, 무엇보다도 이 모든 이야기의 근원이 되어 주신 부모님께 이 책을 바칩니다. 생명의 시작부터 지금까지 가장 큰 울타리가 되어 주신 부모님의 사랑과 희생이 없었다면 오늘의 저는 존재할 수 없었을 것입니다. 부모님의 끝없는 사랑은 언제나 저를 지탱하는 힘이었고, 앞으로의 여정을 걸어갈 용기의 원천이 될 것입니다.

나의 내일은?

　지금까지 내가 걸어온 시간을 회상해 보았다. 유년 시절 리조트에서 넓은 공간에서 자유롭게 뛰어놀고, 눈썰매도 타고, 꼬마 자동차 붕붕도 타고 달려보고, 사는 곳이 리조트라서 야외 수영장 물놀이 등, 뿐만 아니라 유치원 친구를 모두가 우리 리조트로 소풍을 오고 여름휴가를 가족들과 오고, 그러나 그때는 뭐가 뭔지 나는 아무것도 몰랐다. 꿈이 뭔지, 내가 왜 여기에 살고 있는지 조차도 몰랐다.

　그런데 중학교 1학년때 나의 방에는 이러한 글자가 계속적으로 눈에 띄였다. 나의 꿈 "경찰청장". 그리고 (40년후) 기간이 명확하게 적혀 있었고 나의 가는 방향이 나침반처럼 선명하게 계속해서 나의 뇌리속에 인지되었고, 마음속에는 초등학교 시절에 경찰관 아저씨가 내가 길을 잃고 헤매이고 있을때 아주 아주 친절하게 안내해준 기억이 선연하게 떠올랐다.

　나도 모르게 아버지에게 나는 경찰관이 될거야 하였더니, 아버지께서는 교보문고에 함께 가자 하셨고 나는 가서 "범죄 심리학" "경찰학개론" 몇권의 책을 사서 틈틈이 읽게 되었고 아버지께서는 파출소장, 경찰서장, 경찰청장, 등 지인들의 근무하는 모습을 체험할 수 있는 기회를 수차례 주셨다.

　어느 날은 대구광역시 경찰청장님 자리에도 앉아 보았고 인천광역시 경찰청장실에서 함께 차도 마시고 왜 너는 경찰관이 되고 싶니? 질문도 받아보고 함께 사진도 찍고 그러한 시간 들이 현재의 경기상고 경찰행정학과에 다니는 계기가 된 것 같다.

나는 앞으로도 끊임없이 목표를 향하여 아버지께서 말씀하신 빗물이 계속 떨어지면 바위를 뚫는다. 하신 말씀 붙잡고 끊임없이 쉬지 않고 나의 길 경찰관 갈 것이다. 결국 나의 컬러는 경찰청장이 되는 그날까지 여러번 변화가 있을 것이다. 과연 나의 내일은 어떻게 될까 고민을 수없이 하면서. 주변 환경을 보았다.

나의 아버지는 육상·태권도·유도·합기도·기계체조 등 만능 스포츠맨이셨다. 그리고 그 강인한 정신을 오로지 기업의 발전을 위하여 에너지를 사용하셨고, 그래서 오늘날 GK 그룹을 만드셨다. 나도 아버지의 DNA를 닮아서 인지 운동에는 남다른 소질이 있는 것 같다. 달리기 뿐만 아니라 유도에도 나의 체급보다 훨씬 상위 체급을 상대로 승리 하곤 했다.

이 모든 과정이 40년후 '경찰청장' 이라는 A4용지에 내방에 꿈과 목표가 나를 이끌고 가고 있는 것이다. 그리고 나도 모르게 단풍이 물들 듯이 서서히 나도 아마도 시간의 흐름속에 나와 내일은 경찰인을 향하여 한걸음 한걸음 전진하며 현실에 충실하고 싶다.

Today's Color
Tommow's Me

사진으로 만나는 박창우

The Hankooknano Jangsuchon

Natural View 천혜의 자연

한국나노그룹 대표브랜드

입구 조형물

입구 조형물 야경(우주선)

Children's International driving License
(어린이 국제 운전 면허증)
Issued NO.
(발급번호)
201602250100
Name : 박창우
(이 름)
School : 숭덕초교
(학 교)
Address. 서울시 성북구
(주 소)
20160225
World Automobile Museum
세계자동차박물관

제주도 파도소리를
들으면서~~

명품브랜드 초청을 받고

말레이시아 왕국에서

santos de Cartier

징기스칸을 배우는
몽골에서

아시아 한인총연합회
행사장에서

중국 이숙순 회장·아버지·박창우

뉴욕에서 가족과 함께

멋진 뉴욕 경찰관님 들과

몽골의 징기스칸 동상에서

국방부 고등군사법원 체험

대전대학교 행사에 초대를 받고

육군사관학교에서
아버지와 함께

서울특별시 이천우 유도회장님과

영등포구 최호권 구청장님으로 부터 표창을 받으면서

중국동포연합 중앙회 행사에서

Red Bull
Red Bull
SK
BLACK HO
만남의 광장

양평 만남의광장

유도 종주국 일본 유도를 체험하면서

제2회 서울특별시 강남구회장배 유도대회
일시: 2024년 10월 27일   장소: 일원 에코파크 에코센터   주최: 강남구체육회   주관: 강남구유도회   후원: 강남구, 서울특별시체육회

한·몽 국제유도 교류

아버지와 국가수사본부 방문

서울시 서대문 경찰서장 우지완·박찬보(GK 그룹총회장)·박창우

대구광역시 경찰청장 김수영·박찬보(GK 그룹총회장)·박창우

오늘의 색, 내일의 나

초판 1쇄 인쇄 | 2025년 12월 1일
초판 1쇄 발행 | 2025년 12월 1일

지은이 | 박창우

펴낸이 | 김복환
펴낸곳 | 도서출판 지식나무
주   소 | 서울특별시 중구 수표로12길 32
전   화 | 000-0000-0000
이메일 | color0000@hanmail.net

신고번호 | 제 301-2014-078호

제   작 | 애드원 디앤피
주   소 | 서울특별시 중구 퇴계로42길 26
전   화 | 02-2272-2505